Armand Gustave Houbigant

Notice sur le château de Sarcus restitué tel qu'il était lors de son achèvement en 1550

Anatiposi

Armand Gustave Houbigant

Notice sur le château de Sarcus restitué tel qu'il était lors de son achèvement en 1550

Réimpression inchangée de l'édition originale de 1859.

1ère édition 2023 | ISBN: 978-3-38274-274-4

Anatiposi Verlag est une marque de Outlook Verlagsgesellschaft mbH.

Verlag (Éditeur): Outlook Verlag GmbH, Zeilweg 44, 60439 Frankfurt, Deutschland
Vertretungsberechtigt (Représentant autorisé): E. Roepke, Zeilweg 44, 60439 Frankfurt, Deutschland
Druck (Imprimerie): Books on Demand GmbH, In de Tarpen 42, 22848 Norderstedt, Deutschland

NOTICE

SUR LE

CHATEAU DE SARCUS

RESTITUÉ

TEL QU'IL ÉTAIT LORS DE SON ACHÈVEMENT EN 1550,

CONTENANT DES RECHERCHES SUR

L'INTRODUCTION DE L'ARCHITECTURE ARABESQUE DE LA RENAISSANCE EN FRANCE,

ET PRÉCÉDÉE D'UNE

BIOGRAPHIE SUR JEAN DE SARCUS,

PAR M. A.-G. HOUBIGANT.

BEAUVAIS,

PINEAU, Libraire, rue des Jacobins.

PARIS,

DUMOULIN, quai des Augustins, 13. | AUBRY, rue Dauphine, 16.

1859.

NOTICE

CHATEAU DE SARCUS

TEL QU'IL DEVAIT ÊTRE EN 1550.

I

VIE DE JEAN DE SARCUS

QUI FIT CONSTRUIRE CE CHATEAU.

Parmi les hommes nés en Picardie, et qui ont le mieux mé-
rité de cette province et de la France pour les services qu'il leur
ont rendus, on doit distinguer *Jean de Sarcus*, dont toute la vie
a été consacrée à défendre le territoire contre les Anglais et les
impériaux qui avaient fait du nord de la France le théâtre de
leurs incessantes agressions.

C'était contre cette contrée que se ruaient constamment au
XVIᵉ siècle les armées ennemies chargées de créer des diversions
à celles de nos troupes, qui essayaient de reconquérir en Italie

les possessions qu'y revendiquaient nos Rois, Louis XII d'abord, François Ier ensuite, après les tentatives déjà faites par Charles VIII. Dans ces grandes guerres d'Italie, *Bayard, Bourbon, Montmorency, Saint-Pol, Vendôme, Chabannes, Tavannes,* etc., c'est-à-dire tout ce que la France comptait de plus brave, de plus habile et de plus illustre, servaient directement sous les ordres de leurs Souverains. Il n'en était pas de même de Jean de Sarcus, et ce n'est pas un des moindres mérites de cet homme de guerre, d'avoir su défendre nos contrées septentrionales avec constance et avec succès, alors qu'il ne pouvait espérer obtenir, comme prix de sa valeur et de ses efforts, cet éclat de renommée que ses compagnons d'armes, combattant sous les yeux même du roi, recueillaient si largement dans les plaines du Milanais, où ils livraient des batailles, que le vieux maréchal de Trivulce ne désignait que sous le nom de Combats de Géants.

Les travaux guerriers de Jean de Sarcus moins chantés, et cependant plus utiles, n'ont pas occupé la renommée de la même façon, et ces guerres de la Picardie, empêchant longtemps le royaume d'être envahi, sont à peine connues, et Jean de Sarcus n'a pas trouvé un biographe.

C'est en vain qu'on feuilleterait les dictionnaires historiques, on n'y trouverait pas ce nom de Jean de Sarcus, alors que ces mêmes dictionnaires sont encombrés de tant de personnages plus qu'obscurs, dans leur illustration inconnue; c'est pour essayer de réparer cet injuste oubli que j'ai réuni ces quelques notes.

Pour trouver des renseignements historiques sur Jean de Sarcus, il faut lire laborieusement tous les mémoires du XVIe siècle, et pour qu'il apparaisse tel qu'il était, il faut réunir ces quelques notions pour en faire un tout, qui, encore après ce travail, ne peut être que très-incomplet. Tous les faits d'armes accomplis à cette époque hors de l'Italie, quelque glorieux ou utiles qu'ils ayent été, furent peu remarqués par les contemporains; aussi sont-ils à peine indiqués dans nos chroniques, tant les exploits dont l'Italie était le théâtre absorbaient l'attention publique.

C'est cependant à cette recherche que je me suis livré, il y a bien des années, alors que, désireux de savoir de quels événements le château de Sarcus avait été le témoin, je recueillais tout ce qui pouvait se rapporter directement ou indirectement à ce château ou à ses seigneurs.

Cette biographie, toute courte et toute incomplète qu'elle soit, intéresse à un trop haut point l'histoire du pays que j'habite, pour que je n'en confie pas la publication à la Société académique du Beauvaisis, qui, parmi les différentes missions qu'elle s'est imposées, compte celle de rechercher et de conserver tous les souvenirs qui honorent la contrée à laquelle appartient Jean de Sarcus.

Jean de Sarcus, comme j'ai eu occasion de le dire dans la notice sur le portique de Sarcus, insérée l'année dernière dans les mémoires de la Société, descendait d'une des plus anciennes familles de la Picardie. Elle figure dès le XIIe siècle dans l'histoire de la contrée; nous ne trouvons cependant, jusques à Jean de Sarcus, qu'une suite assez insignifiante de seigneurs vivant à la cour de nos rois, où ils occupaient de grandes charges. Plusieurs sont inscrits parmi les grands officiers de la couronne; mais aucun n'est particulièrement désigné comme étant un homme hors ligne, ayant rendu de grands services à l'Etat.

Parait enfin, vers les dernières années du xve siècle, *Jean de Sarcus*, auquel était destiné de donner à la famille dont il portait le nom, une véritable illustration historique. Jean de Sarcus était le fils ainé de François de Sarcus, quatorzième seigneur de Sarcus, conseiller et chambellan de Louis XI et de Charles VIII : il avait servi avec distinction dans les guerres d'Italie, sous Charles VIII, comme l'avaient fait à peu près tous les membres des familles nobles de cette époque.

François de Sarcus avait épousé Marguerite de Pisseleu, fille de Jean de Pisseleu-d'Heilly, aussi chambellan de Louis XI; elle fut la mère de Jean, et c'est ainsi que Jean de Sarcus était cousin-germain de mademoiselle de Pisseleu-d'Heilly, la célèbre maitresse de François Ier, beaucoup plus connue sous le nom de *duchesse d'Etampes*. On ignore la date de la naissance de Jean de Sarcus.

Au xve siècle, il n'existait point d'actes de l'état civil (1); chaque

_____

(1) C'est seulement en 1539 que François Ier, par son ordonnance de Villers-Cotterêts, a établi dans chaque paroisse des registres de baptême, de mariage et de décès. Les calculs auxquels je me suis livré ont établi pour moi que Jean de Sarcus devait être né vers 1478.

famille conservait dans un registre privé le souvenir des nais-
sances, des mariages et des décès de ses membres; elle y ajoutait
parfois l'indication des faits qui pouvaient l'intéresser, et s'en
tenait là; ce sont ces registres, qui, avec les chartes, les con-
trats d'acquisition, les donations aux églises, et autres actes, servaient, avant la révolution de 1793, aux historiens particuliers
des familles pour dresser les généalogies; mais au milieu de tous
les événements, de tous les changements qu'amenèrent les guerres,
les troubles et les révolutions, ces registres et ces documents ont
disparu pour la plupart; et les personnes qui se livrent aujour-
d'hui à l'étude de l'histoire des provinces de France et des familles, se trouvent souvent privées des documents les plus indispensables; c'est ce qui m'est arrivé pour la famille des Sarcus.
Rien, ou à peu près rien, n'est resté de leurs archives, qui cependant avaient été accumulées et conservées dans leur ancien
chartrier; tout a été dispersé au vent des événements destructeurs.

Ce qu'on sait de Jean de Sarcus, c'est qu'il commença à porter
les armes sous le règne de Charles VIII; qu'il fut, en 1495, un
des cent gentilhommes de l'Hôtel, et que sous Louis XII, en 1502,
il occupait encore cette charge. Il fut plus tard conseiller et
chambellan du même monarque, capitaine de cent Chevau-Légers
de ses ordonnances, et capitaine des premiers gens de pied qui
furent levés en Picardie (1).

La commission royale dit que : « M. de Sarcus lèvera ses
» hommes en Picardie, dans le Beauvoisis, le Vymeu, et la ville
» d'Abbeville, parce que ceux principaux accoustumés à estre
» soubz sa charge, sont en lesdites ville et pays. »

Il est indiqué être à la même époque panetier, conseiller, cham-

_____

(1) Cette troupe fut le premier exemple, je crois, d'une infanterie per-
manente et régulière. Jusques alors, selon Brantôme, elle était « com-
» posée de marauds, bélitres, mal-armés, mal complexionnés, étaient pil-
» leurs et mangeurs de peuple, aussi étaient accoustrés plus à la pendarde,
» ou autrement, portant chemises comme Bohêmes, qui leur duraient
» plus de deux à trois mois sans changer; ayant chausses bigarées et dé-
» chiquetées, montrant portion de chair, voir les fesses, ainsi que j'ai
» ouï dire à aucuns. »

bellan et maître d'hôtel du roi, charges qui servaient plus à sa fortune qu'à sa gloire. Il en est de même de la charge de premier maître d'hôtel de la reine Eléonore d'Autriche, à laquelle il fut promu, après la captivité de Madrid. Mais ses véritables titres à la distinction sont sa charge de capitaine d'une compagnie de cinquante hommes des ordonnances du roi, compagnie qui, selon la composition de ces réunions militaires, ne recevaient dans leurs rangs que des gentilshommes, casqués et cuirassés, accompagnés de leurs écuyers et de leurs varlets (1), et formaient ainsi une de ces compagnies qui étaient alors l'âme et la principale force des armées, et dont on était si fier d'être commandant, que le maréchal de La Force, et plus tard Henri IV, ainsi que je l'ai dit dans ma notice de 1858, inscrivaient en avant de tous leurs autres titres, *capitaine de cinquante hommes d'armes*, parce qu'ils commandaient alors, sous cette qualité, à l'élite de la noblesse *chevaleresque* française, et que c'était à la tête de ces compagnies qu'ils faisaient leurs plus beaux exploits; aussi, de bonne heure, Jean de Sarcus avait-il été récompensé par le titre de chevalier des ordres du roi ajouté à ses autres titres, et plus tard nommé capitaine général de la légion picarde, légion formée par la volonté du roi à l'instar des légions romaines. Il était en même temps gouverneur des villes et châteaux de Hesdin, de Doullens, de Rue, et du Crotoy, c'est-à-dire chargé de la défense de toute la frontière du Nord, que successivement les rois Louis XII et François Ier avaient ainsi confiée à sa valeur et à sa fidélité.

J'ai lieu de penser, et je pourrais dire je suis certain, qu'avant d'avoir été chargé de la défense des frontières du Nord, il avait pris part, sous Chabannes de la Palice, depuis son beau-frère, aux campagnes d'Italie, et que c'est sous Louis XII, et en voyant les premiers essais de l'architecture de la Renaissance, qu'il prit le goût de l'art italien, alors tout-à-fait ignoré en France. Quoi qu'il en soit, reprenant le récit des faits incontestables de la biographie de Jean de Sarcus, nous le trouvons, en 1511, au siége de Hesdin, dont il devient gouverneur.

_____

(1) Chaque homme d'armes avait, outre son destrier, ou grand cheval de bataille, un coursier appelé *haquenée* ou *courtaud*, qui ne servait que pour la marche.

En 1512, enfermé avec mille hommes de sa légion dans Thérouanne, où on manquait de tout, il y défend cependant la ville
contre les Anglais, concurremment avec le seigneur d'Heilly, son
oncle ou son cousin; lesquels, secondés par l'excellente cavalerie
légère albanaise, *tinrent merveilleusement bien avec leur arquebuserie*, jusques au moment où Fontenailles, et De Piennes qui
était gouverneur de toute la Picardie, vinrent à la tête d'un
corps d'armée en faire lever le siége. Cette armée, envoyée au
secours de Thérouanne qui se défendait héroïquement, comptait
dans ses rangs Bayard, Bonnivet et son beau-frère à lui Jean de
Sarcus (1), le maréchal de la Palice. Ce beau fait d'armes, auquel
avait contribué tant de noms illustres, fut bientôt attristé par
une défaite due à l'imprévoyance reprochée si souvent à l'armée
française.

Le siége levé, l'armée de secours s'éloigna, et les guerriers qui
la composaient croyant n'avoir rien à craindre de l'ennemi, se
livrèrent à un laisser-aller et à un repos qui leur était peut-être
bien nécessaire, mais qui ne devait pas les dispenser de la pru-
dence; aussi leur devint-il bien fatal.

L'armée ennemie ayant tourné et gravi, sans être aperçue, la
colline de Guinegate, allait couper la retraite de cette troupe dé-

---

(1) Jean de Sarcus avait épousé, sans qu'on connaisse la date de son
mariage, *Marguerite de Chabannes*, sœur du maréchal de la Palice. En
1512, époque du siége de Thérouanne, Jean de Sarcus devait avoir trente-
quatre ans. Son fils aîné est mort ambassadeur en Angleterre, ce qui
suppose déjà un certain âge. Jean de Sarcus devait donc être marié antérieurement à 1512. Jean de Sarcus eut de son mariage avec Marguerite de
Chabannes : 1° Adrien de Sarcus, mort avant son père; 2° François de
Sarcus, qui devint évêque du Puy-en-Velay, et fut seigneur de Sarcus, et
qui, ecclésiastique, ne put continuer la famille; 3° Jean de Sarcus, mort
très-jeune; 4° Bonne de Sarcus, qui, plus tard, épousa Josse de Gourlay,
lequel eut une fille qui épousa Adrien Ier Tiercelin De Brosses. Ainsi s'é-
teignit la première branche directe des Sarcus, ce qui fit passer, par les
femmes, la terre dans une famille étrangère. Le nom s'est cependant per-
pétué jusques à nos jours dans des branches collatérales, qui se sont
fait connaître avantageusement dans nos armées, en leur fournissant de
bons officiers.

sarmée, quand elle fut aperçue par les Français qui, ayant quitté leurs heaumes et leurs chevaux de bataille, s'en allaient sans ordre, buvant et se rafraîchissant à loisir.

A la vue des Anglais si près d'eux, et qu'ils n'attendaient pas, les Français furent saisis d'une terreur panique, et *se prirent à courre à bride avalée*, sans tourner la tête, jusques à ce qu'ils fussent rentrés au camp de Blangy, d'où ils étaient partis d'abord pour venir à Thérouanne.

Cette déroute fut nommée *la journée des éperons, parce que les éperons y servirent plus que les épées. Il y eut peu de morts. Mais plusieurs personnages de haut rang et de haute renommée y furent faits prisonniers, les capitaines s'étant jetés à l'arrière-garde pour tâcher d'arrêter la fuite de leurs hommes :* le duc de Longueville, le chevalier Bayard, et plusieurs autres, furent pris. La Palice eut le même sort, mais il fut *recous* (délivré).

Thérouanne n'avait été ravitaillée qu'assez peu. On supposait que n'étant plus assiégée, la garnison vivrait sur la campagne. Après ce qui venait d'arriver, il ne fallait plus compter sur les troupes du camp de Blangy, *toutes déconfites*, pour venir de nouveau délivrer la ville, si elle était de nouveau assiégée; ce qui était le plus urgent, c'était de fournir quelques bons soldats aux troupes qui allaient être chargées d'empêcher l'ennemi, après le succès qu'il venait d'obtenir, de pénétrer dans le cœur du royaume. Louis XII, quoique fort tourmenté de la goutte lors de cet événement, s'était fait transporter en litière, de Paris à Amiens.

Jean de Sarcus, qui était resté gouverneur de Thérouanne, autorisé par le roi, dut rendre la ville; il profita de la peur que sa brave garnison inspirait aux Anglais, pour obtenir « *un appoin-* » *tement honorable, savoir, que la gendarmerie sortirait la lance* » *sur la cuisse, et les piétons la pique sur l'épaule, avec leurs* » *harnais et tout ce qu'ils pourraient porter, et que nul mal* » *ne serait fait aux habitants de la ville, ni icelle démolie* » (22 août). Mais les Anglais ne virent pas plutôt Jean de Sarcus et la troupe qu'il commandait éloignés, qu'ils mirent le feu à la ville; *brûler ce n'est pas démolir;* prétendant que c'était pour empêcher les impériaux de s'en emparer, la maison d'Autriche réclamant, disaient-ils, cette conquête comme sienne.

Louis XII donna alors pour commandant à l'armée française qu'il réunit sur la Somme, le jeune duc de Valois (depuis François Ier); mais Henri VIII, sans qu'en en sache la cause, ne poussa pas plus loin ses avantages; il s'en fut assiéger Tournay.

De 1512 à 1522, Jean de Sarcus servit dans les armées du roi, d'abord jusqu'à la mort de Louis XII, arrivée le 1er janvier 1515, et ensuite sous François Ier, qui monta sur le trône à l'âge de vingt et un ans (1). *

Le roi avait vu Jean de Sarcus à l'œuvre; il savait comment il défendait les places qu'on confiait à son courage, et comment il empêchait l'ennemi de s'emparer de celles au secours desquelles on l'envoyait. Dépêché au secours du seigneur de Biez, qui était gouverneur de Hesdin, et que les Anglais pressaient fort, il fit promptement lever le siège de la ville et obligea l'ennemi de décamper. Cette ville, qui, avec Thérouanne, était un des boulevards de la France du côté du nord, avait une importance qu'on n'apprécie plus aujourd'hui.

Au XVIe siècle, on se disputait avec acharnement ces villes, qui étaient les portes du royaume.

Par le traité de Cambray, en 1529, on remit Hesdin à Charles-Quint. Plus tard, François Ier la reprit, et le traité de Crépy l'en reconnut possesseur incontestable. Mais Charles-Quint la reprit en 1553. Il la fit définitivement raser, et, depuis, le lieu où elle fut porte le nom de Vieil-Hesdin. — Il en fut de même de Thérouanne, qui avait été reprise par François Ier; au milieu des guerres incessantes dont cette frontière était le théâtre, cette ville tomba de nouveau au pouvoir de Charles-Quint, qui, en 1553, la fit également disparaître du sol. Plus tard, son territoire fut cependant restitué à la France, mais avec la condition de ne jamais la reconstruire, ce qui fut observé.

De 1522, époque à laquelle Jean de Sarcus avait chassé les Anglais des environs de Hesdin, jusqu'à 1536, qu'il courut de Ham, où il était alors, à *Péronne*, menacée par les troupes impériales, le colonel général des légions de Picardie, tel était alors son titre, ne cessa de prendre part aux sièges, combats

---

(1) C'est le 20 janvier 1515, quinze jours après être monté sur le trône, que François Ier nomma Chabannes Lapalice maréchal de France. Jusqu'à cette époque, il n'y avait eu que trois maréchaux. Quant à *Charles de Bourbon*, il fut nommé connétable.

et escarmouches qui eurent lieu dans le nord de l'Artois, sans qu'il se soit produit un fait qui lui ait été tellement particulier qu'on ait cru devoir le raconter endehors de l'histoire générale des guerres de ces contrées tant ensanglantées au commencement du xvi° siècle.

Il n'en est pas de même de la défense de *Péronne*, à laquelle Jean de Sarcus prit une part toute particulière, et qui mérita d'être racontée exceptionnellement. C'est un des faits de guerre les plus éclatants de cette époque toute guerrière, et dont les chroniques, dans l'enthousiasme et l'admiration causés par cette belle défense, se sont plu à nous transmettre les détails.

Les succès de *Péronne* n'appartiennent pas à Jean de Sarcus seul. Ils sont dus aussi à trois autres guerriers, célèbres comme lui par leurs actes antérieurs, et qui, comme lui, à la première nouvelle du danger que courait la ville, seul obstacle qui s'opposât alors à l'invasion de la France, s'étaient empressés d'accourir avec l'intention, s'ils ne parvenaient à la sauver, de s'ensevelir sous ses ruines. Ces braves sont les seigneurs de *Sesseval*, *d'Estourmelles* et *le maréchal de La Mark* (1), qui, comme le plus élevé en grade, et de plus prince-souverain, prit le commandement en chef.

Voici ce que nous apprennent les mémoires de du Bellay :

« *Jean de Sarcus partit de Ham, à minuit, avec mille hommes*
» *de pied, qu'il avait à sa charge particulière, de la légion de Pi-*
» *cardie, dont il était capitaine général, et, passant à travers les*
» *villages*, encore fumants des incendies que les Impériaux y
» avaient mis, *il se jette dans Péronne le jour même où le comte*
» *de Nassau arrivait pour l'assiéger* (2). »

---

(1) *Robert de La Mark* fut connu d'abord sous le nom de *Fleuranges*, puis sous celui de duc de Bouillon, seigneur de Sedan. Il était avec son père à la bataille de Novare, où il avait reçu quarante-six blessures; il était aussi à celle de Pavie, où il fut fait prisonnier. On lui avait donné le surnom de *Jeune-Aventureux*. Il avait été fait maréchal en 1526. Il a écrit des mémoires. Il était de cette famille qui devait nous donner Turenne.

(2) Nassau avait attendu des renforts belges et allemands. Il vint mettre le siège devant Péronne aussitôt qu'il les eut reçus. Le comte de Rœux partageait le commandement avec le prince de Nassau.

Aussitôt l'arrivée de Sarcus, le maréchal de La Mark lui confia la défense de la porte Saint-Nicolas, qui paraissait être le point *le plus menacé, le plus périlleux et le plus difficile à défendre.*

En effet, les Bourguignons élevèrent bientôt vis-à-vis cette porte un terrassement appelé en génie militaire *cavalier*, qu'ils armèrent de dix canons du plus fort calibre (1), et, ouvrant aussitôt le feu ainsi que la tranchée, les ennemis commencèrent sans plus tarder un feu terrible. Ils tirèrent en un seul jour 1,177 coups de ces pièces formidables sur la porte Saint-Nicolas, coups qui firent tant d'effet, qu'elle en fut à peu près abattue, mais elle ne fut pas réduite.

Jean de Sarcus ne fut point découragé par l'écroulement des seules murailles qui le séparassent de l'ennemi; il n'y trouva qu'un motif de plus pour redoubler d'efforts. Son ardeur était telle, que les habitants, hommes, femmes, vieillards, enfants, électrisés par son exemple, se mirent à transporter tout ce qu'ils crurent propre à réparer les brèches. Ils le firent sans se reposer, même pendant la nuit, même après une journée aussi laborieuse; de telle sorte que, lorsque le jour suivant parut, les défenses étaient rétablies de façon à pouvoir repousser de nouveaux assauts, et obliger l'ennemi à de nouveaux travaux.

Ce que les Picards de Sarcus avaient fait cette nuit là, aidés par les habitants de la ville, se recommença chaque jour; jusqu'à la fin du siège, on ne se lassa pas plus de se défendre que l'ennemi ne se lassa d'attaquer.

Le comte de Nassau ne revenait pas de la surprise que lui causait cette tenacité et ce courage indomptable qu'il trouvait, disait-il, *surhumain*. Il changeait de place ses canons, il faisait recommencer les décharges avec plus de furie que jamais, et il trouvait de nouveaux obstacles qui l'enflammaient de nouveau de *rage et dépit*.

Un jour, il augmenta encore le nombre des pièces en batterie; il fit ouvrir le feu avant le jour, et l'ayant concentré jusques à deux heures de l'après-midi, sur cette tour Saint-Nicolas, qui paraissait le narguer et le livrait à la risée des troupes, pensant

---

(1) L'armée du comte de Nassau comptait soixante-douze de ces engins terribles; nombre très-considérable pour l'époque.

enfin que la brèche devait être suffisamment ouverte, il lança vers les murailles six cents Allemands, qui donnèrent droit à cette porte Saint-Nicolas l'objet de sa colère. Il faisait en même temps une diversion puissante vers la porte de Paris, au moyen de 3,000 piétons Flamands et 300 cavaliers qu'il y envoya, avec un supplément d'artillerie, et des échelles pour y donner *l'escha-lade* (1). Jamais on ne vit plus d'ardeur qu'à l'attaque de cette porte Saint-Nicolas qu'on voulait enfin emporter, ni plus de valeur à la défendre.

A mesure que les ennemis se présentaient aux fossés, les traits, les arquebusades, les boulets, les projectiles de toute espèce les écrasaient, et quand ils tentaient d'escalader avec les échelles, ils étaient violemment précipités dans les fossés, qui bientôt furent comblés de leurs morts; Piganiol de La Force dit : « *Les* » *femmes ne s'épargnèrent pas dans cette défense, et elles y firent* » *merveilles* (2). »

Cette héroïque défense se prolongea ainsi jusques à la nuit ; alors le comte de Nassau ne pouvant plus espérer emporter la ville, au moins ce jour, voyant qu'il avait perdu à cette attaque plus de 1,600 hommes de ses meilleurs soldats, fit sonner la retraite.

Ce général qui avait un grand renom de courage et d'habileté, honteux de voir qu'une armée aussi nombreuse que la sienne ne parvenait pas à avoir raison d'une place défendue par un petit nombre d'hommes, après quelques jours de repos laissés à son armée pour reprendre haleine, résolut de livrer un dernier et suprême assaut.

---

(1) Dont plus tard on a fait *escalade*.

(2) Quelques auteurs postérieurs au siége ont prétendu que Péronne, comme Beauvais, comptait parmi ses héroïnes une femme qui, après avoir arraché un drapeau des mains d'un des impériaux qui était parvenu au sommet de la muraille, l'avait précipité dans le fossé où il avait trouvé la mort ; mais ce fait qui ne paraît être qu'une copie de l'action de Jeanne-Hachette, est regardé comme apocryphe.— Péronne qui, lors de son siége mémorable, a vu, non une héroïne, mais des héroïnes concourir à sa défense, n'a pas besoin pour sa gloire d'un acte particulier fort douteux, et qui n'est rapporté par aucune chronique.

Les assiégés voyant les apprêts formidables qu'on faisait contre eux, consolidèrent de nouveau leurs ouvrages, et, animés d'un redoublement de courage puisé dans leurs succès antérieurs, ils se disposèrent à bien recevoir l'ennemi.

Cette fois, le comte de Nassau mit en batterie, vis-à-vis cette porte Saint-Nicolas qu'il voulait absolument emporter, seize pièces du plus fort calibre, et six autres vis-à-vis la porte de Paris, et il commença la plus épouvantable canonnade qui ait jamais ébranlé la terre.

Jean de Sarcus placé sur la brèche même, à l'endroit le plus périlleux, devenu le point de mire des coups de l'ennemi, ne cessa par sa présence, ses ordres et son sang-froid, d'encourager ses soldats; on peut dire qu'il les rendit invincibles, et les actes de courage les plus remarquables de la part de l'ennemi, ne parvinrent point à les faire reculer d'un pas.

L'auteur contemporain dont nous tirons ces détails dit (1) que « les légionnaires de Picardie, aidés des hommes et des femmes » de la ville qui s'étaient groupés autour du sire de Sarcus, loin » d'être étonnés de la masse d'assaillants qui leur arrivait sus, » n'en reçurent qu'une nouvelle excitation qui était devenue de » la frénésie; l'assaut fut renouvelé jusqu'à trois fois, et trois » fois l'étranger fut culbuté; de telle sorte que les cadavres des » impériaux comblaient le fossé, et que l'eau qui avant les em- » plissait débordait de toute part, teinte de sang; ce que voyant » le comte de Nassau, n'espérant plus rien, il ordonna une re- » traite réelle. »

L'ennemi avait perdu dans ce dernier effort l'élite de ses soldats; sa retraite fut une fuite, il abandonna les échelles le long des murailles, et tout son matériel de siége; on lui prit dans cette journée trois étendards.

Ce qui avait eu lieu là où était le sire de Sarcus avait également eu lieu aux autres points d'attaque; le sieur de Maliscourt suivit l'ennemi en dehors de la ville, trente ou quarante pas au-delà de la chaussée, accablant de ses coups ceux qui n'avaient pas fui assez tôt, et ajoutant ainsi considérablement aux pertes que l'ennemi

_____

(1) Je dois prévenir que tout ce qui est en italique ou guillemeté, est extrait des différentes histoires ou chroniques.

avait déjà faites ; elles s'élevèrent durant le siège à plus de 4,000 hommes, que les impériaux n'eurent pas même le temps de faire disparaître, et qui restèrent gisants aux pieds des murailles. Cependant après les plus furieuses décharges de cette journée, le comte de Nassau voyant les murs « *brisés et dérompus en maints* » *endroits, avait cru devoir sommer ceux de dedans de se rendre* » *sans délai, menaçant, s'ils refusaient, de mettre la ville à feu* » *et à sang.* C'était une dérision. *Sarcus répondit, ce qui était* » *d'ailleurs la réponse de tous, qu'on n'entrerait en leur ville,* » *sinon sur leurs ventres, mais que bien plus tôt, ils espéraient en* » *sortir pardessus leurs ventres à eux les ennemis.* »

A ce moment, les munitions de guerre commençaient à manquer dans la ville ; on prévient le duc de Guise qui était à Ham, et qui parvint à jeter dans la ville, par un chemin regardé comme impraticable, à travers les marais qui enveloppaient Péronne d'un côté et que l'ennemi n'avait pas cru devoir surveiller, 400 arquebusiers portant chacun dix livres de poudre. Dans ce moment, la fameuse grosse tour était toute ruinée, et il y avait brèche de toute part, et cependant jamais on ne pensa moins à se rendre.

Avant de s'éloigner, le comte de Nassau avait fait pleuvoir sur la ville une grêle de traits incendiaires qui portaient à leur extrémité des feux grégeois. Le feu avait pris dans quelques endroits ; mais les habitants, auxquels était venue en aide une pluie abondante, étaient parvenus à éteindre les incendies. Cependant leur attention ayant été détournée par le nouveau moyen de destruction employé en dernier lieu par Nassau, à bout de ressources, Nassau était parvenu à faire pratiquer, assez secrètement, une mine sous la tour. Quand de Sarcus en fut prévenu, il s'empressa de choisir quarante de ses hommes, les plus hardis, pour aller éventer cette mine qui menaçait de détruire la ville, ce qu'ils parvinrent à faire malgré le nombre des projectiles qui ne cessait de battre la tour, et l'ébranlait de plus en plus.

Comme cette artillerie empêchait d'approcher du trou où était la mine, le comte de Dammartin se mit à la tête de ces braves contre-mineurs, afin de leur inspirer l'audace nécessaire pour accomplir un acte comme celui qu'ils tentaient. Ayant voulu couvrir lui-même ensuite la retraite de sa troupe, il ne se retira que le dernier, et, malheureusement, pas assez à temps pour éviter d'être enseveli sous cette fameuse tour (1) que tant de boulets et de détonnations avaient ébranlée jusque dans ses fondements ; elle s'écroula sur lui.

Dammartin était un des plus braves capitaines de l'armée ; il fut regretté de tous.

Le siège avait duré douze jours. La nouvelle que bientôt l'armée des ducs de Guise et de Vendôme, renforcée de troupes fraîches, s'acheminait vers Péronne, et que le roi lui-même, qui sentait l'imminence du danger, accourait pour se mettre à la tête de ses soldats, ne permit pas aux Impériaux d'attendre ; ils se seraient trouvés entre deux feux. Ils prirent le parti de la retraite, marquant leur passage par les destructions et les massacres les plus épouvantables : ils vengeaient ainsi leur humiliation.

Fleuranges, maréchal de La Mark, commandait, comme je l'ai dit, dans Péronne. Il ne s'était pas plus épargné pendant le siège que Sarcus et les autres capitaines ne l'avaient fait. Epuisé par tant de travaux, il ne tarda pas à être en proie à une fièvre qui ne le quitta plus, et il ne survécut que fort peu à la délivrance de la ville qu'il était venu sauver.

La délivrance de Péronne était un beau fait d'armes et un grand service rendu à la France ; aussi fut-il chanté de toutes les façons, et en français et en latin. On composa à son occasion une chanson qui devint bientôt populaire, et que nos soldats répétèrent longtemps après dans leurs rangs et assez longtemps pour qu'un certain nombre de couplets soient parvenus jusqu'à nous. Cette chanson en compte sept ; le premier dit :

Péronne la jolie
Ville de grand renom,
Elle est bien garantie
Par gentils compaignons ;
Capitaines venus
Sont l'honneur de la France,
C'est *Saisseval* et *Sercus* (2),
Dammartin et *Florenge*.

---

(1) Cette tour était celle qui avait renfermé dans ses murs Charles-le-Simple et plus tard Louis XI.

(2) Sarcus s'écrivait alors Sercus.

Je ne crois pas devoir rapporter les six autres ; il n'y est question
que du siège, et la poésie n'est pas meilleure que celle du premier
couplet. Cette chanson populaire prouve surtout une chose, c'est
que la délivrance de Péronne est un fait qui, dans son temps, a eu
un grand retentissement parce qu'il y allait du salut de la France,
et que le nom de *Sarcus* était déjà connu et cité, comme sous
Napoléon Ier on citait ceux de nos guerriers qui avaient pris une
part glorieuse aux grandes guerres de l'Empire (1).

Le souvenir de la levée du siège de Péronne s'est conservé longtemps, au moyen d'une procession solennelle qu'on faisait tous
les ans, au 11 septembre. On m'a assuré qu'on avait abandonné
l'usage de cette procession. Il est fâcheux que depuis le retour de
l'ordre on n'ait pas rétabli l'observation de cette journée commé-
morative. On y promenait une bannière, copie de celle faite dans
le temps, au moment même de la délivrance.

Au centre de cette bannière, dont l'hôtel-de-ville possède une
copie, se trouve le plan de la ville avec ses attaques et ses brèches,
et, de plus, l'épisode d'un meunier qui était un traître, et dont on
a voué la mémoire à l'infamie en reproduisant sur la bannière le
fait de sa trahison. Les quatre coins de la bannière sont ornés
des armoiries des seigneurs qui ont le plus concouru à empêcher
la ville de tomber au pouvoir de l'ennemi : ce sont celles du maréchal *de La Mark* (Fleurange), des sires *de Sarcus, de Dammartin*
et *de Saisseval*.

L'autre face de la bannière portait les armoiries de France, placées au centre, entourées de celles du dauphin, de celles du duc
de Vendôme, de celles enfin du seigneur d'Humières, commandant
alors l'armée qui tenait la campagne, et de celles du gouverneur
de la province de Picardie (2).

---

(1) Le bulletin de la Société de l'Histoire de France, tom. 1er, 2e partie,
pages 272 et suivantes, a inséré deux chansons faites sur la délivrance
de Péronne, après la levée du siège; elles sont dues l'une et l'autre à
des *loustics*, soldats, comme il y en a toujours eu dans les rangs français, se piquant plus de gaité que de littérature.

(2) La bannière est conservée à l'hôtel-de-ville de Péronne, mais mutilée. Les démagogues de 1793, au *nom de l'égalité*, en ont enlevé les
armoiries, oubliant, dans leur brutale ignorance, que c'étaient celles

Après la levée du siége, *Jean de Sarcus* fut fait gouverneur de la province de Picardie, succédant au seigneur d'Humières; son nom était populaire et devait aider puissamment à en éloigner l'ennemi (1).

Sept mois après la levée du siége, le roi lui commanda d'attaquer le château de Hesdin, ce qu'il fit avec cent hommes de pied, *Picards* de la légion qu'il avait sous ses ordres; voici comment Martin du Bellay raconte ce dernier fait d'armes (2).

« Le seigneur de *Cercu* attaqua le château de Hesdin avec cent » Picards de ses légionnaires. Les jeunes gens les plus impétueux » s'étant jettés sans ordre, avant que la bresche ne fut prati- » cable, beaucoup furent tués ou blessés; et on ne prit pas ce » jour-là le château.

» Du nombre des victimes, furent le seigneur d'Auphignies, un » des lieus-tenants de la compagnie de *Cercu* (3), et le capitaine » Damiette, qui était porte-enseigne de la même bande.

» A quelques jours de là, le château fut emporté; le roi pourvut » à la garde, tant de la ville que du château. Il en chargea le sei- » gneur de *Cercu*, qui autrefois en avait rendu si bon compte. Il » mit de nouveau sous son commandement pour ce, cinquante » hommes d'armes et mille hommes de la légion picarde. » (C'est probablement en outre de ceux qu'il avait déjà.)

La reprise de Hesdin, qui eut lieu au mois de mars 1537, se fit sous les yeux du roi, et du maréchal de Montmorency. On attachait un grand prix à la possession et à la conservation de

---

de leurs anciens libérateurs. Les démagogues de Saint-Denis, à la même époque, ont bien tiré de son tombeau le corps d'Henri IV, parfaitement conservé, et l'un d'eux a bien commis l'infâme sacrilége de lui donner un soufflet, en s'écriant : « Voilà pour toi, tyran ! ! ! » Quel tyran, grand Dieu !

(1) M. d'Hosier, dans une note qui suit le récit de la levée du siége de Péronne, nous apprend ce fait.

(2) Du Bellay, tome III de ses Mémoires pour l'année 1537, page 208.

(3) Les mémoires contemporains, les chartes, les chroniques écrivent indifféremment *Cercu*, *Sarcu*, *Sarkus*. comme on le trouve, d'ailleurs, sur les vieilles cartes. Ce n'est qu'à la fin du XVIII° siècle, et depuis, qu'on trouve définitivement et invariablement *Sarcus*.

cette place, qu'on regardait alors comme la clef du royaume. Pour la garantir plus fortement; François Ier fit fortifier Saint-Pol, petite ville que Jean de Sarcus avait reprise également sur l'ennemi. Le roi voulut surveiller lui-même ces nouveaux travaux, et il ne quitta la Picardie que lorsqu'ils furent à peu près terminés. Il licencia alors son armée (1). Ce fut de sa part un grand tort. Là s'arrêtent les travaux et les succès de Jean de Sarcus, parce que là s'arrête sa vie. Ramené à Amiens, il y mourut le 5 décembre 1537. On lui fit les honneurs que lui méritaient son rang et plus encore les éminents services qu'il avait rendus à son roi et à sa patrie; le monarque lui donna des larmes, il n'avait jamais eu un serviteur plus habile, plus brave, ni plus dévoué (2).

On voit par ce que je viens de raconter, que la biographie de Jean de Sarcus méritait d'être faite et conservée pour la gloire de la France et de la Picardie. Il a un titre de plus à la reconnaissance de la province qui l'a vu naître ; c'est à lui qu'elle devait le château remarquable dont elle avait le droit d'être fière , château presque oublié par l'histoire, et qui le méritait aussi peu que la biographie de son auteur. C'est pour les sauver l'un et l'autre de l'oubli, autant qu'il a été en mon pouvoir, que j'ai entrepris d'écrire quelques mots sur la vie de Jean de Sarcus, et que je vais actuellement, comme je l'ai promis, entretenir mon lecteur

(1) Le départ de François Ier pour Paris, où des plaisirs et l'amour l'attendaient, fut une grande faute; son lieutenant, Jean de Sarcus, succombait dans le moment, ou était près de succomber à ses fatigues. L'ennemi, saisissant ce moment, se précipita sur Saint-Pol, dont les murs n'étaient pas entièrement fermés, le prit d'assaut, prit également Montreuil, et alla mettre le siége devant Thérouanne. Le roi, suivi de Montmorency, accourut alors pour sauver ces villes; mais inutilement, il ne put que conclure une trève. (Juillet 1538.)

(2) Les renseignements qui ont servi à cette notice biographique ont été recueillis dans la relation du siége de Péronne, par le R. P. *Fainier*, religieux Minime, témoin du siége, dans une relation latine, publiée en 1538, sous le nom de *Peronna obsessa;* c'est un poème qui a pour auteur un médecin, qui, comme le Père Fainier, était contemporain et avait été témoin oculaire, et, enfin, dans les chroniques du temps, dans les histoires de France les plus étendues.

2

du château dont le goût des arts et de la magnificence avait inspiré la construction, à celui dont j'ai cru devoir faire connaître auparavant l'existence glorieuse.

Comme je l'ai dit dans le cours de cette notice, la construction de cet édifice somptueux et le style d'architecture choisi en 1520 environ, pour la restauration, l'embellissement et l'accroissement du château de ses pères, joints à quelques autres faits historiques, me sont des preuves que Jean de Sarcus avait pris part aux guerres d'Italie, entreprises par Louis XII, et probablement à celles antérieures entreprises par Charles VIII.

L'architecture arabesque adoptée pour ce château a été celle de l'école de ces premières colonies d'artistes italiens que la munificence de nos Rois Charles VIII et Louis XII avait fixés sur les bords de la Loire, école qui n'a point été celle des grands maîtres français qui, plus tard, se sont mis en France à la tête de l'architecture de la renaissance dans notre pays, faits que j'espère prouver dans l'article qui va suivre cette notice biographique.

II

AVANT-PROPOS

A L'OCCASION DU PLAN ET DE LA VUE PERSPECTIVE DU CHATEAU DE SARCUS,

Elevé au commencement du xviᵉ siècle par Jean de Sarcus
et abattu en 1833.

————

Le plan du château de Sarcus a été levé par moi au commencement de 1834, alors qu'on démolissait ce château, vendu à la
condition de l'abattre, et d'en faire disparaître les matériaux dans
un temps donné assez court. Quelqu'un m'ayant instruit de l'acte
de vendalisme qu'on accomplissait, je me suis transporté à Sarcus,
où j'ai trouvé le manoir principal, qui formait l'aile droite du
château, encore à peu près debout, et les bases des portions
démolies subsistant encore sur une hauteur de deux mètres, rien
ne m'a donc été plus facile que de lever un plan exact, ce que j'ai
fait.

La plus grande portion des pierres provenant des portiques
abattus, avait été réduite en moellons. On les avait *encubés*
comme on ferait de matériaux sortant de la carrière, et cependant la plupart de ces pierres ainsi *cordées*, portaient des traces
de sculptures, que depuis j'ai fait rechercher avec soin, en faisant *décuber* chacun des tas; car, de prime-abord, mon projet
avait été d'obtenir au moyen de ces débris, soigneusement dessinés par moi et mon ami, M. Gosse (1), qui m'avait accompagné,

————————

(1) M. Nicolas Gosse, artiste-peintre de talent, dessinant avec une facilité remarquable, et aussi obligeant qu'il est habile. On lui doit plusieurs tableaux estimables, plusieurs portraits du roi Louis-Philippe et
un tableau qui fait partie du musée de Beauvais.

la possibilité de reproduire, au moins graphiquement, le monument sur les ruines duquel nous pleurions, et qui allait disparaître à tout jamais.

Ce projet de réédification *graphique* m'avait d'abord seul occupé, avant qu'il me vint à l'esprit d'acquérir plusieurs des arcades encore debout (1) pour les transporter chez moi à Nogent-les-Vierges. Il fallait que je fusse possédé, comme je l'étais alors, de la passion architecturale, pour penser à enrichir ma propriété d'un portique formé de pierres d'un poids considérable (2). La distance qui sépare Sarcus de Nogent est de quatre-vingts kilomètres. On ne peut communiquer d'un pays à l'autre que par une route de terre dont une partie se compose de chemins de traverse. Mais quelles impossibilités la passion ne parvient-elle pas à vaincre? Ces coûteux tours de force sont jeux de princes; les particuliers à fortunes bornées ne se les permettent qu'une fois dans leur vie, je ne recommencerais pas des dépenses dont je n'avais pu exactement apprécier le montant.

Ayant donc acquis quatre des arcades qui étaient encore debout, afin d'en pouvoir relever trois très-complétement, je me mis en mesure d'accomplir le transport de mon lourd trésor.

En achetant quatre arcades, j'avais acquis également le droit de m'emparer de toutes les pierres sculptées qui me convien-

---

(1) Lorsque je suis arrivé à Sarcus, M. Daudin, propriétaire à Pouilly, près de Beauvais, s'était déjà rendu acquéreur d'un certain nombre d'arcades qu'il avait fait démolir et transporter dans son domaine, où, quelque temps après, il les avait fait réédifier dans son parc, sous la forme de ruines pittoresques, ce qu'il a fait avec beaucoup de goût.

(2) Les bases des piliers des arcades sont d'une pierre extrêmement dure, provenant des carrières de *Domeliers*. On l'a employée jusques à la naissance des cintres; elle pèse plus que la plupart des marbres. La pierre employée pour les cintres, tirée des carrières des environs de Dameraucourt, est une craie compacte, renfermant quelques silex, ce qui la rend difficile à traiter. Quant à la portion crayeuse, elle se taille assez facilement lorsqu'elle est fraîchement tirée de la carrière; elle n'a pas de *litz*, ce qui la rend très-propre à recevoir des sculptures contournées; elle conserve bien son arrête, et prend avec le temps une assez grande dureté, surtout à la surface.

draient, comme aussi de tous les bois sculptés et les ferrures ouvragées de l'époque de la construction, et qui pouvaient entrer dans la petite restauration que je projetais. J'avais aussi compris dans le marché un grand bas-relief représentant le Père éternel, exécuté à mi-corps, coiffé de la tiare, et entouré d'anges, le tout de grandeur naturelle, et douze médaillons de haut relief, représentant des personnages du xvie siècle, parmi lesquels on indiquait particulièrement François Ier et ses enfants, sa femme, sa mère et sa sœur, et quelques seigneurs de sa cour. Du reste, ajoutait-on, toute tradition est perdue sur le personnage représenté dans chaque médaillon. François Ier, seul, était indiqué par tout le monde, et, ne l'eût-il pas été, son grand nez et la forme allongée de la tête l'auraient suffisamment désigné.

Cette collection de personnages historiques, exécutée de main de maître, de grandeur naturelle, et dont il était facile d'apprécier la haute valeur artistique, est peut-être ce qui m'a le plus tenté dans le désir que j'ai eu de devenir possesseur de quelques-uns des débris du château de Sarcus, et si ces médaillons n'avaient pas existé, peut-être aurais-je reculé devant le transport des arcades; mais il fallait soustraire des portraits authentiques à une destruction imminente. Je me suis décidé.

Ayant fait ceintrer en charpente les arcades que je voulais faire démolir, j'en numérotai les pierres, attribuant en outre à chaque arcade une lettre de l'alphabet.

Je commençais par enlever la clef de chaque ceintre, après avoir fait *déjointer* cette clé, ainsi que les clavaux, avec une *scie à dégravonner*; je fis ensuite pratiquer dans chaque pierre un trou propre à recevoir le crochet fixé au cordage passé dans la poulie des moufles, et, au moyen d'une chèvre à sommet pivotant, placée entre l'arcade en démolition et les charrettes qui devaient emporter les pierres, je les ai fait enlever et déposer dans la charrette alors en charge; on y déposait ces pierres sur un lit de paille, de façon à ce que les sculptures se trouvassent parfaitement à l'abri de toutes dégradations. L'opération a été, comme on le conçoit bien, longue et coûteuse, et n'a pas demandé moins de quinze journées.

Dans l'intervalle des instants qu'exigeait la surveillance de la démolition, je levais le plan du château avec une grande exactitude, et je dessinais tous les détails sculptés ou profilés qu'on pouvait découvrir, cherchant sur le champ à déterminer la place que les blocs avaient occupée dans la décoration du monument.

Dans le même temps, j'ouvrais une espèce d'enquête auprès des anciens du pays et des serviteurs de l'ancien seigneur, pour obtenir d'eux une foule de renseignements qui devaient m'être, dans la suite, indispensables pour écrire les notices que, plus tard, j'ai en effet rédigées, et que je donne ici.

Durant vingt ans environ, j'ai fait des recherches afin de composer les notices, dont j'ai donné la première l'année dernière (1858), et dont je donne la seconde cette année (1859).

C'est moyennant ces soins, entrecoupés d'ailleurs, pendant les vingt années qu'ils ont durés, de recherches historiques nombreuses, étrangères à Sarcus, que je puis cette année offrir à mes collègues de la Société académique de l'Oise *le Plan du château de Sarcus;* il sera placé en tête de la description que je donnerai plus loin. Quant à la *vue perspective* du château, telle qu'elle devait se présenter aux personnes qui l'abordaient du côté du bourg au milieu du xvie siècle, c'est-à-dire à l'époque de son entière terminaison et de sa plus grande splendeur, je la donne ici.

Je vais actuellement donner quelques explications générales touchant le plan que j'ai levé, et indiquer quelles portions, dans la vue perspective que j'offre, appartiennent incontestablement au Sarcus de 1550, quelles autres ont été empruntées à quelques monuments de la même époque, afin de combler quelques lacunes que la soi-disant restauration faite au château, en 1764 ou 1765, par le premier marquis de Grasse, qui l'ait possédé (1),

---

(1) *François, marquis de Grasse,* né le 28 janvier 1715, capitaine au régiment des gardes françaises, chevalier de Saint-Louis, maréchal de camp.

Il avait reçu la terre de Sarcus, par donation entrevifs, de Mme Marie-Angélique-Henriette Tiercelin, veuve de Louis-Henri de Pons. L'acte est du 13 juin 1763.

Il laissa par sa mort, arrivée le 1er mars 1794, la terre de Sarcus à son troisième fils, *Jacques-Pierre-François-Gabriel, marquis de Grasse,* né le 20 juin 1774, qui avait été reçu dans l'ordre de Malte avant la révolution de 1793. Les deux premiers fils de François de Grasse l'avaient précédé dans la tombe.

·y avait produites, et celles que plus tard les effets du temps
et la main des démagogues de 1793 y avaient ajoutées; mais,
je dois en prévenir, ces lacunes étaient très-peu nombreuses et
des moins importantes. Je vais les faire connaître, en notant les
portions qui appartenaient au château de Jean de Sarcus et celles
ajoutées par moi pour suppléer celles dont on ne trouvait plus
de traces.

Les arcades, au nombre de vingt-deux, sont incontestablement
du Sarcus de 1550.

La portion de frise qui est à droite et servait comme de sup-
port aux croisées du manoir principal qui occupait cette portion
de l'édifice, était ornée de dix des médaillons dont j'ai parlé
antérieurement, et qui sont actuellement à Nogent-les-Vierges;
les deux autres, qui forment le nombre douze indiqué précédemment comme celui des seuls médaillons qui aient été sculptés,
étaient posés dans la même frise, mais en retour, au-dessous
des deux croisées qui éclairaient, à l'est, l'appartement *dit du*
roi, et faisaient face au bourg. La frise, dont je viens de parler,
est donc incontestablement ancienne (1).

Les croisées qui sont représentées dans la vue perspective, au-
dessus de chacune des vingt-deux arcades de la cour, ont été
copiées des deux seules que la restauration barbare du marquis
de Grasse avait laissé subsister; lors de cette restauration, le
marquis avait substitué à celles des croisées de la cour, aux chambranles à candélabres, à masques et autres ornements, dont on

---

(1) Je dois faire observer que je regarde la sculpture des médaillons
comme postérieure à la mort de Jean de Sarcus; j'ai la certitude que
les médaillons avaient été sculptés à la place qu'ils occupaient, et
avant 1550. — Les médaillons n'étaient plus en place lorsque je suis arrivé à Sarcus; on les avait descendus; on voyait seulement sur la
frise, qui existait encore, les portions renfoncées qu'ils avaient occupées.
— Cet enlèvement des médaillons m'a empêché de savoir dans quel ordre
on les avait rangés. J'ai en vain interrogé sur ce fait, intéressant pour
mes recherches, tous mes donneurs de renseignements, ils n'ont pu
me rien dire. Seulement on affirmait que *le Roi* était sur la face latérale regardant le bourg. Peut-être le second médaillon était-il la dame
aux panaches; m'' ': n'en suis pas certain.

trouvera un dessin dans le courant de la description du château, des croisées sans ornements et sans meneaux, probablement parce que les primitifs chambranles, si richement sculptés, étaient trop mutilés, et que leur restauration aurait été par
trop dispendieuse, et aussi peut-être parce qu'on n'aurait trouvé
que difficilement, à l'époque de cette restauration, des sculp-
teurs-ornemanistes en état de les exécuter.

Heureusement pour notre travail, deux des croisées de la Renaissance existaient, comme je l'ai dit, sur la façade de l'est, au
premier étage, bien conservées : ce sont les deux que j'ai fait démolir à Sarcus, avec un soin particulier, et qui figurent aujour-
d'hui à Nogent-les-Vierges, ornant les deux petits corps avancés
qui flanquent les trois arcades de mon portique. Il était encore
facile de voir à Sarcus, sur les façades de la cour, à droite et à
gauche des nouvelles fenêtres, l'empreinte des chambranles or-
nementés, qui avaient existé et qu'on avait fait disparaître par
le marteau lors de la restauration du marquis de Grasse. Ces croisées sont donc encore incontestablement celles qu'avait fait exécuter, au XVIe siècle, l'architecte italien, ou de l'école italienne,
chargé de la construction de Sarcus.

Entre chacune des croisées on peut remarquer, dans la vue
que nous offrons au public, que les petits piliers saillants et angulaires, ornement des plus riches qui fait partie de chacun des
entre-deux des arcades, sont prolongés au-delà du sommet des
arcades, sur le nu du mur, entre chaque croisée ; cet ornement,
qui était tout particulier à Sarcus, avait été conservé au XVIIIe siècle
par l'architecte de M. de Grasse, et toutes les personnes qui ont
pu voir Sarcus dans les dernières années de son existence ont
admiré la richesse de ces petits contre-forts qui s'élevaient avec
beaucoup de grâce et d'élégance pour aller s'épanouir en bouquet
de feuilles découpées jusque au sommet des façades, presque
au-dessous de l'entablement.

L'existence de ces aiguilles, qui étaient évidemment du XVIe siecle,
et qui se retrouvaient sur toutes les faces, prouve, à n'en pouvoir
douter, que le château de Sarcus avait été entièrement terminé au
XVIe sièle, fait dont quelques personnes avaient douté. Ce doute
m'avait été exprimé à moi-même, lors des séjours, assez courts,
que j'ai faits à Sarcus, par un vieillard auquel j'ai dû quelques
renseignements utiles.

N'ayant point discuté ce fait à cette époque, j'avais répété à M. Graves, qui rédigeait alors sa Statistique de Grandvilliers, ce qui m'avait été dit sur cette non terminaison du château, au xviᵉ siècle; sur mon dire, il a indiqué dans son ouvrage, *Article Sarcus*, ce que je lui avais avancé, et en me nommant, je crois, comme son autorité; depuis, ayant fait la réflexion que l'existence des petites saillies angulaires, construites et sculptées lors de la construction primitive, était un témoignage irrécusable de la terminaison complète du château au xviᵉ siècle, je l'en ai prévenu. Comme moi, il s'est étonné que cette preuve ait pu échapper à mon attention, lors de mes séjours à Sarcus, en présence du fait lui-même, dans la cour du château, où mon *renseigneur* m'induisait si évidemment en erreur; l'article de la Statistique était fait, et la correction ne pouvait avoir lieu que dans une nouvelle édition que M. Graves se promettait de donner un jour; mais il n'a pu l'exécuter.

L'entablement qui couronne le bâtiment au-dessus du premier étage est l'entablement ancien, dont quelques tronçons existaient encore, gisant parmi les décombres. J'en ai rapporté à Nogent deux échantillons très-mutilés. Comparés avec les sculptures de Gaillon, qui sont exposées dans la cour de l'École des Beaux-Arts, à Paris, ils se sont trouvés être parfaitement semblables à une de ces sculptures; seulement l'entablement de Sarcus était d'un modèle plus fort que celui de Gaillon, qui probablement n'a .pas servi de grand entablement. Les trop fortes dimensions de celui trouvé à Sarcus m'a empêché de l'imiter dans mon petit portique de Nogent. Ce fait de similitude parfaite de dessin et même d'exécution entre le grand entablement de Sarcus, et un petit de Gaillon, prouve ce que j'ai déjà dit dans ma notice sur le portique de Nogent, insérée dans le numéro de 1858 des Mémoires de la Société, que Sarcus ainsi que Gaillon avaient dû être élevés sur les dessins et sous la direction du même architecte. Nous aurons lieu, lors de la description que nous ferons du château de 1550, de citer plusieurs autres preuves de ce fait.

Les croisées qui éclairaient le fond de la chapelle étaient en ogive surbaissée. Les débris du château m'en ont fourni plusieurs fragments que j'ai rapportés à Nogent, où ils ont été utilisés dans des ceintres de portes et de croisées qu'on peut encore y voir sous la galerie du portique.

Les entablements des tours, de dessins différents l'un de l'autre, étaient tels certainement que l'architecte les avait trouvés, et les motifs qui lui avaient fait respecter les tours, lui avaient interdit également de toucher à leurs couronnements.

Les lucarnes qui, dans ma vue perspective, surmontent l'entablement sont non de mon invention, mais une copie des lucarnes de Nantouillet, qu'on dit être du *Primatrice*, ou de maître Roux, et qui portaient la date de 1534 (1). M. le marquis de Grasse avait remplacé les lucarnes de la Renaissance, très-mutilées probablement, par l'ignoble mansarde. On se fait une idée du disparate que devait produire, dans l'ensemble, cette alliance du xviii° siècle avec le xvi°. Déjà, lorsque j'avais élevé, à Nogent-les-Vierges, mon petit portique, j'avais senti la nécessité de suppléer ces lucarnes, qui me manquaient. Dans les visites qu'en 1834 et 1835 j'avais cru devoir faire à tous les monuments de l'époque de la Renaissance, et du même style que Sarcus, qui existaient encore en France, afin de ne pas commettre trop d'anachronismes, visitant Nantouillet (2), mon attention avait été attirée particulièrement par une lucarne qui me paraissait concorder parfaitement avec tous les ornements rapportés de Sarcus. Cette lucarne, qui servait alors d'entrée à un colombier (le splendide

---

(1) Le château de *Nantouillet*, près de Juilly (Seine-et-Marne), avait la plus grande analogie avec Gaillon et avec Sarcus.

Comme à Sarcus, c'était une transformation de château-fort en un petit palais de la Renaissance. La transformation était due positivement à la libéralité de François Ier en faveur de son âme-damnée le chancelier Duprat, plus âme-damnée encore de Louise de Savoie que de son fils. On y voyait, comme à Sarcus, de nombreuses salamandres et des fleurs de lys, qui s'y mêlaient avec des emblèmes personnels.

Hist. du Cardinal Duprat, par M. le marquis Duprat, pag. 383.

(2) Les détails de sculpture étaient de l'exécution la plus parfaite; on pouvait y admirer encore, en 1836, une petite chapelle qui, pour la délicatesse, paraissait plutôt un ouvrage d'orfévrerie qu'un travail d'architecture. Lorsque je l'ai visitée, elle était encombrée de grains. M. le marquis Duprat dit, dans son Histoire du Chancelier : « Les châteaux de » Blois et de Chambord n'offrent dans leur élégance aucun détail plus charmant. »

château de Nantouillet étant devenu une ferme), était, lorsque je l'ai vue, en très-mauvais état; mais elle offrait cependant encore assez de sculpture pour permettre de la dessiner; seulement les petites aiguilles qui surmontaient son fronton avaient été exécutées à plat sur un mur, et n'avaient jamais été isolées comme celles que j'ai fait exécuter à Nogent.

En m'inspirant donc de celle de Nantouillet, j'ai composé la lucarne que j'ai mise dans ma vue générale de Sarcus en 1550, pour remplacer celles qui avaient existé à Sarcus, et dont on ne trouvait plus de traces. Son exécution à Nantouillet datait de la même époque que la construction de Sarcus.

Les grands toits qui à Sarcus couvraient les bâtiments, ceux en pointe qui terminaient les tours, avaient été remaniés au XVIII° siècle, comme on pouvait s'en apercevoir à la charpente du toit du bâtiment de l'aile droite, qui était le manoir, bâtiment qui existait encore en partie lorsque je me suis rendu à Sarcus pour la première fois, à la fin de 1833 et plus tard en 1834.

Il est probable qu'à l'époque où le premier marquis de Grasse a fait restaurer ou plutôt mutiler le château, faisant à la toiture une grande réparation, on aura fait disparaître les crêtes qui surmontaient les toits et les espèces d'ornements en penditifs qui s'étalaient eux-mêmes sur les toits en contre-bas des crêtes. Les crêtes étaient ordinairement en fer, qu'on dorait, et les ornements qui s'étalaient sur les toits s'exécutaient en plomb, qu'on dorait également.

On ne peut pas douter que ces ornements, qui étaient comme obligatoires pour les monuments de la nature de celui de Sarcus à l'époque où il a été élevé, et qui ne manquent à aucun des châteaux du XVI° siècle dont la peinture ou la gravure nous ont transmis les formes et le souvenir, aient également été employés dans la décoration de Sarcus; aussi n'ai-je pas hésité à les admettre sur ces grands toits, comme aussi les girouettes et leurs ornements pour les sommets des tours. J'ai emprunté les dessins des crêtes et des espèces de broderies qui se trouvent au-dessous, à Gaillon, monument avec lequel le château de Sarcus, comme je l'ai déjà dit, avait la plus grande analogie.

La balustrade découpée, qui dans mon dessin surmonte l'entablement de la chapelle, ne représente pas exactement celle qui a dû exister à Sarcus; j'ai copié également ici une balustrade de Gaillon, celle de Sarcus ayant entièrement disparu.

La grillé qui clot la cour d'honneur n'est pas non plus, probablement, celle qui à Sarcus existait au xvi⁰ siècle; mais elle est
bien dans le style du temps; l'essentiel est qu'on soit sûr qu'il
existait à cette place une grille.

J'ai cru devoir représenter dans mon dessin une fontaine à
vasque s'élevant au milieu de la cour; j'étais tellement persuadé
qu'elle avait dû exister, que, durant mes courts séjours à Sarcus,
j'avais cru devoir faire fouiller au milieu de cette cour pour y
retrouver les conduits, ou des maçonneries qui justifieraient mon
opinion. Je suis obligé d'avouer que je n'ai rien découvert qui
m'ait donné matériellement raison, et cependant je n'en ai pas
moins persisté à représenter une fontaine au milieu de la cour.

A l'époque de la Renaissance, une fontaine était un ornement
obligé des cours des châteaux, elle y était encore plus recom-
mandée par l'architecture et la mode que par le besoin; aussi
Androuet du Cerceau a-t-il publié dans le temps un recueil spécial
de fontaines pour que les architectes y trouvassent des modèles.

Dans les visites que j'ai faites à ceux de ces édifices qui ont sur-
vécu au temps et aux révolutions, j'en ai toujours trouvé, et
même lorsque l'habitation existait sur des lieux élevés, où il n'y
avait d'eau qu'artificiellement, comme c'était à Sarcus.

A l'époque de Jean de Sarcus, le château avait à l'ouest un
parc-forêt qui servait à la chasse et à la promenade; j'ai cherché
à donner une idée de cette disposition, en entourant dans ma vue
perspective l'édifice d'arbres plus ou moins élevés.

Par tout ce que je viens de dire dans cet avant-propos, par
l'indication que j'ai eu soin de donner des portions qui avaient
appartenu au Sarcus du xvi⁰ siècle, et l'aveu que j'ai fait de celles
que, dans ma restauration graphique, j'ai cru devoir y ajouter,
pour suppléer les détails dont on ne trouvait plus de traces, on
a pu se convaincre que la vue que je mets aujourd'hui sous les
yeux du lecteur, offre l'aspect général que le château devait présenter au xvi⁰ siècle (en 1550), ainsi que je m'étais proposé de le
faire et que je l'avais promis à mes lecteurs.

Pour arriver à réaliser la restauration graphique telle que je la
donne, j'ai fait d'abord, en me servant du plan pour réédifier
les façades, un *dessin croquis* sur une grande échelle, afin de
pouvoir y exprimer les moindres détails; après avoir fait ce dessin
où la perspective était loin d'être irréprochable, je l'ai confié à

un dessinateur-architecte aussi habile qu'intelligent (1), qui a traduit mon croquis en un délicieux dessin.

J'avais pensé d'abord, pour reproduire ce dessin, à le faire lithographier purement et simplement, par un autre artiste de mérite dont le talent, comme lithographe, m'était connu; mais le dessinateur-architecte m'a prévenu que quelque soin que le lithographe apportât à son travail, son crayon ne parviendrait jamais à rendre avec netteté les mille détails compris dans le dessin; exactitude réclamée cependant par les architectes; qu'une gravure sur acier pouvait seule rendre fidèlement ces détails, en en perfectionnant encore la finesse des traits; j'ai donc livré le dessin à la pointe et au burin d'un des plus habiles graveurs d'architecture de la capitale (2); grâce à son talent, on a obtenu la planche à laquelle je dois de pouvoir offrir aux amateurs d'architecture, la vue du château de Sarcus, tel qu'il était au XVIᵉ siècle, et le dessin de ses plus délicates sculptures, exprimées avec une netteté qu'on ne pouvait obtenir que de la pointe acérée du burin.

La planche terminée, elle offrait la pureté de traits que l'architecture réclame; mais le monument représenté manquait de re-

---

(1) M. William Hoffmann, architecte prussien, né à Cologne en 1822, entretenu à Paris par le Roi de Prusse, après avoir été employé par lui à la construction de la cathédrale de Cologne, et chargé actuellement de la composition des verrières qui doivent éclairer ce monument, artiste aussi obligeant qu'il est habile, et qui a bien voulu donner ses soins à reproduire mon croquis en dessin, et à surveiller ensuite la gravure que j'en ai fait faire.

(2) M. Auguste Ribault, né à Paris en 1810, graveur spécial d'architecture, auquel on doit les planches les plus belles de plusieurs recueils qui se consacrent aux publications architecturales et archéologiques, particulièrement de M. Gaillabaud. Déjà il avait gravé pour la Société Académique de l'Oise, dans ses Mémoires, une tapisserie inédite appartenant à M. Mathon, décrite par M. Barraud, notre collègue; cette planche a été dans le temps particulièrement remarquée, et se vend au profit de la Société; il a gravé aussi pour le recueil des *monuments anciens et modernes*, *l'architecture française du* Vᵉ *au* XVIᵉ *siècle*, et aussi de belles planches pour la *Rome moderne*.

lief et d'effet; le tableau était froid. Faisant alors transporter sur une pierre lithographique, par l'impression en taille douce, une épreuve de la gravure, légère et délicate, et faisant donner à cette épreuve, transportée, par un lithographe expérimenté (1), le modelé et l'effet qui étaient les seules choses qui manquassent à la gravure, on en a obtenu la *gravo-lithographie* que je mets aujourd'hui à la disposition des amateurs (2).

J'ignore si jusques ici on a essayé, comme je viens de le faire, la combinaison de la gravure et de la lithographie, pour obtenir dans une même planche la réunion des avantages qu'offrent dans leurs résultats les deux arts pris séparément; l'idée en est tellement simple, qu'il est probable que l'emploi simultané des deux moyens a déjà eu lieu ; ce qu'il y a de certain, c'est que l'essai que je viens d'en faire ici pour moi me paraît avoir pleinement réussi, ce qui engagera peut-être quelques autres amateurs à tenter les mêmes combinaisons, afin d'arriver à des résultats qu'ils ne pourraient obtenir autrement.

Paris, 15 mars 1859.

---

(1) M. S. L. Deroy, né à Paris, auquel les arts doivent un nombre considérable de délicieuses lithographies, entre autres toutes celles du voyage des bords de la Loire, celles des monuments funéraires de Dreux, etc.....

C'est à M. Deroy que moi-même j'ai confié la reproduction de la vue du portique de Nogent-les-Vierges, insérée en tête de la notice de 1858 , et celle de tous les détails qui doivent entrer dans la présente description de Sarcus en 1550. On lui doit encore de délicieuses lithographies qui font partie de la galerie du Roi Louis-Philippe, publiée avant 1848 , sous le nom de *galerie d'Orléans.*

(2) On n'offre dans le présent numéro des mémoires de la Société académique de l'Oise (pour 1859), avec la description du château tel qu'il devait être en 1550, que des épreuves de la gravure sur acier, sans l'addition lithographique dont je viens de parler; ces épreuves devant être pliées dans les exemplaires, il eût été fâcheux d'y sacrifier des épreuves gravo-lithographiques.

Si des amateurs désiraient de ces dernières épreuves gravo-lithografiques, ils en trouveront chez le concierge du Musée de Beauvais, où on les vend au profit de la Société académique du Beauvaisis.

III

DESCRIPTION DU CHATEAU DE SARCUS

TEL QU'IL DEVAIT ÊTRE EN 1550.

La date de 1550 est ici à peu près arbitraire.

Elle ne signifie que *époque où le château était certainement ter-miné*, et peut-être l'était-il même un peu avant.

On a la certitude qu'en 1550, les peintures dont, à l'instar de l'Italie, on avait orné les voûtes de ses portiques, les émaux, les dorures et argentures qui couvraient les blasons sculptés en re-lief à l'intersection des nervures de ces mêmes voûtes, étaient exécutés. Les bâtiments étaient nécessairement couverts ; et leurs vastes toits, couronnés de leurs crêtes dorées, se découpaient sur le ciel, ainsi que les lucarnes et les tours avec leurs cimes aiguës. Rien enfin ne manquait plus à l'effet grandiose et pitto-resque du château, qui, dans cet état de perfection, devait pré-senter l'aspect le plus saisissant.

Aussi est-ce pour moi un sujet d'étonnement toujours nouveau de voir qu'un édifice, aussi exceptionnel que devait être celui-là à l'époque où il a été construit, qui, de nos jours, s'il existait encore dans toute sa splendeur, serait l'objet de notre étonne-ment et de notre admiration, n'ait trouvé ni un chroniqueur qui en ait parlé, ni un dessinateur, ni un graveur qui nous en ait transmis la vue et les détails. Il est des ingratitudes de l'histoire et des populations qu'on ne s'explique pas. C'est pour essayer d'obvier à ce silence, et de consoler, autant que possible, les arts et la contrée de la disparution du chef-d'œuvre, que je vais es-sayer de le reproduire et de le décrire tel qu'il devait se présenter en 1550, lorsqu'on l'abordait du côté du bourg.

Mon opinion est que Jean de Sarcus, le brave capitaine, n'a pu concevoir le projet de transformer le vieux manoir féodal de ses

pères en un élégant palais d'un style tout à fait inusité dans nos
contrées septentrionales, et dont de rares exemples existaient à
peine en Italie, sans en avoir vu l'effet séduisant dans le pays
même qui avait vu naître ce style. Aussi suis-je persuadé que Jean
de Sarcus avait fait partie, dans sa jeunesse, des expéditions de
Charles VIII et de Louis XII, lorsqu'ils essayaient l'un et l'autre de
reconquérir le Milanais, qu'ils regardaient comme leur héritage.

Avant d'entreprendre la description de l'édifice qui fait particulièrement l'objet de cette nouvelle notice, disons d'abord un mot
de la rénovation qui, vers le milieu du xv⁰ siècle, s'est opérée dans
les arts comme dans la littérature en Europe, en Italie d'abord,
alors que Jules II et Léon X étaient papes ; rénovation qui a pris
le nom de *Renaissance*.

Les succès de Mahomet II, en 1453, qui avaient fait tomber entre
ses mains l'ancienne ville de Constantin; les cruautés commises
par ses soldats, avaient obligé les savants grecs, ainsi que tout
ce qui avait pu fuir, à chercher un refuge qu'ils avaient trouvé
particulièrement à Rome et à Florence.

Artistes et littérateurs étaient venus y demander un abri contre
la persécution, emportant avec eux des arts plus perfectionnés
que ceux qui restaient sur la terre latine, et rapportant avec eux
ces auteurs anciens dont, presque seuls en Europe, ils avaient
conservé l'intelligence.

Cette littérature, presqu'oubliée aux lieux qui l'avaient vu naître,
avait produit sur les esprits un mouvement qui les avait enflam-
més d'admiration et les avait jetés dans une voie toute nouvelle.

Jules II (1503) et Léon X (1513), tout chefs religieux qu'ils étaient
de la chrétienté, partagèrent bientôt, en littérature comme en
beaux-arts, les opinions presque païennes de ceux qui les entouraient.

Mais, pour ne parler que de l'architecture à l'époque dont il est
ici question, disons qu'à la moitié de ce xv⁰ siècle le style ogival
avait fait son temps.

En Italie, *Bruneleschi* en avait donné un dernier exemple en
élevant encore dans ce style le dôme de Sainte-Marie-des-Fleurs à
Florence, et il y échappait tout à fait en élevant (1444), dans la
même ville, le palais Pitti, construit dans le style antique tout à
fait remis en lumière.

Bientôt les grands artistes, qui, dans ce moment (au xvi⁰ siècle), naissaient et s'élevaient de toutes parts en Italie, suivaient l'exemple donné par *Bruneleschi*.

Le Bramante (1506) et *Michel-Ange* (1589) copiaient et mesuraient avec une rigoureuse exactitude les monuments antiques. Ils imitaient, dans les édifices qu'ils élevaient, et sans s'en écarter, tous les détails laissés par les architectes de l'ancienne Rome, dont le sol qu'ils foulaient était rempli.

Dès ce moment, la révolution en architecture était complète.

Les artistes italiens avaient eu d'autant moins de peine à adopter ce style, qu'à vrai dire, l'architecture antique n'avait jamais entièrement disparu de leurs monuments ; ils en avaient toujours conservé quelques traces dans les détails, et ce sont ces souvenirs, quelqu'incomplets qu'ils fussent quelquefois, qui font le caractère distinctif de l'architecture italienne des xii° et xiii° siècles.

La révolution architecturale, à la tête de laquelle on trouve successivement les grands hommes que je viens de citer, ne fut pas accueillie par tous les artistes italiens de la même manière.

Tous n'acceptèrent pas le joug des règles sévères de l'architecture des anciens dans toute sa rigueur. Quelques-uns, mais certainement en minorité, séduits par les arabesques découverts dans les intérieurs des maisons des anciens Romains, et particulièrement par ceux des Thermes de Tite et de Livie, déblayés au commencement du xvi° siècle des amas de décombres où ils étaient enfouis depuis si longtemps (1), donnèrent le jour à une architecture pittoresque, sans règles précises, riche des détails les plus capricieux, permettant à l'imagination à peu près tous les écarts possibles.

---

(1) Les excavations auxquelles donnèrent lieu les fouilles qui furent faites pour mettre au jour les débris, couverts d'arabesques, de ces bains, présentent, dans beaucoup d'endroits, l'apparence de *grottes*. Les Italiens donnèrent aux décorations qui y furent trouvées le nom de *grotesche*, du mot *grotta*, qui, en italien, veut dire profondeur. — Ducerceau le père a fait un recueil d'arabesques qu'il intitule *grotesques;* ce mot n'avait pas alors le sens fâcheux que nous lui avons attribué depuis. Ce qu'on appelait *grotesques* au xvi° siècle, nous l'appelons aujourd'hui *arabesque*, mot qui n'est pas plus raisonnable ; les Arabes n'ont rien qui ressemble à ce que nous appelons arabesques.

3

Un pareil style d'archïtecture convenait aux artistes à imagination fougueuse. Ils ne firent pas attention que les détails arabesques n'avaient été employés par les anciens que comme décors intérieurs, et jamais comme ornements extérieurs.

Raphaël, qui paraît les avoir prisés à leur valeur, les a adoptés pour servir d'accompagnement à ses compositions des loges du Vatican.

Jean d'Udine, son élève, composa sous son inspiration et peignit de ces arabesques dans lesquels on admire une grande facilité d'exécution et une grande richesse d'imagination. On y voit des fruits, des fleurs, des oiseaux, que relient entre eux les rinceaux les plus délicats et aux couleurs les plus chatoyantes. Mais tout cela est employé en décors intérieurs, ou à peu près, puisque c'est sous le portique des loges et sous le ciel de l'Italie.

Raphaël, l'homme de goût par excellence, s'est bien gardé d'en faire, dans les édifices dont il a été chargé, comme architecte, des ornements extérieurs, et surtout sculptés.

D'autres artistes, n'ayant pas un goût aussi sévère que le sien, en firent un style architectural : c'est ce style que j'appelle *pittoresque* ou *arabesque*. Il fut adopté par une école qui se forma en Italie, du xve au xvie siècle, et se posa en rivale de celle de Bruneleschi et des autres grands maîtres qui le suivirent, qui avaient adopté le style purement antique.

Cette école arabesque était celle à laquelle les artistes italiens venus à la suite des rois Charles VIII et Louis XII appartenaient (1). Je la crois antérieure à celle des grands maîtres, Bramante et ceux qui le suivirent. Je désignerai désormais cette grande école sous le nom de *classique* par opposition à celle *arabesque* qu'on pourrait appeler *romantique*.

---

(1) L'engouement dont les deux rois Charles VIII et Louis XII furent pris pour les arts et les sciences qu'ils trouvèrent établis et pratiqués en Italie lorsqu'ils y firent leurs expéditions, est tel, qu'ils en ramenèrent, non seulement des architectes, des peintres et des sculpteurs, mais encore des planteurs de jardins et des jardiniers, et aussi des littérateurs, des grammairiens et des rhéteurs, en sorte que, revenus en France, on ne prisait plus à leurs cours que ce qui venait d'au-delà des monts.

Un passage fort curieux des lettres-patentes de Charles VIII, datées

Cette dernière architecture n'a jamais dû être pratiquée indifféremment par les mêmes artistes. Le style en est diamétralement opposé. Les artistes qui s'y sont adonnés ont toujours dû suivre des routes opposées. Ils n'ont jamais dû s'entendre plus les uns avec les autres que n'ont fait de nos jours, en littérature, les auteurs dont les uns ont reçu de nous le nom de romantiques, et les autres celui de classiques. Quoi qu'il en soit, c'est à l'école d'architecture *arabesque* ou *romantique* qu'on doit un certain nombre de monuments, tels que *Gaillon*, *Blois* et *Amboise* pour quelques parties, *Bonnivet*, *Nantouillet*, *Moret* et *Madrid*, et quelques autres, dont les noms ne me reviennent pas à la mémoire (1), et enfin le château de Sarcus, le seul peut-être qui ait été terminé, et qui ait présenté une unité de style qu'on ne trouve dans aucun autre édifice du même genre et de la même époque : ce qui rend sa destruction plus regrettable encore.

Cette architecture arabesque n'a eu en Italie qu'assez peu d'imitateurs, et je n'en connais d'exemple (en Italie), qu'employée en chambranles de portes, de lucarnes, et en ornements de tombeaux. Ils sembleraient que nos deux rois, Charles VIII et Louis XII,

---

d'Amboise, semble annoncer que les artistes amenés par lui appartenaient particulièrement au pays de Naples, ce qui expliquerait comment leur style d'architecture, né dans la partie la plus méridionale de l'Italie, diffère si essentiellement du grand style d'architecture dont on trouve les premiers exemples en Toscane. Voici ce passage : « Il sera tenu compte » des gaiges et entretenements de certains ouvriers et gens de mestiers » qu'avons fait venir de nostre *royaume de Cicille* pour ouvrer de leur » mestier à l'usaige de la mode d'Italie. »

(1) On doit compter comme appartenant à l'école *arabesque-romantique*, en France, *Jean Joconde*, que, malgré ce qu'en dit M. Deville dans sa *Comptabilité de Gaillon*, je regarde, conformément à l'opinion de M. de Clarac, comme étant l'architecte de Gaillon (voir ce que j'en ai dit dans ma Notice sur le portique de Sarcus, publiée en 1858) ; je le regarde également comme étant l'architecte de Sarcus, ou au moins comme l'inspirateur du projet, dû, si ce n'est directement à lui, à un des hommes sortis de son école. — On doit compter comme appartenant à la même école l'architecte de *Madrid* et son décorateur *Jean della Robia*, émailleur, auquel on devait les grands émaux qui décoraient ce château.

qui particulièrement ont accueilli chez eux ce style d'architecture, eussent entraîné à leur suite tous les artistes qui s'y étaient adonnés. Le nombre des monuments élevés par eux en France, assez restreint, l'est cependant moins qu'en Italie, où, durant un séjour de dix mois, dans le nord de cette contrée il est vrai, je ne me souviens pas d'y avoir vu un seul grand édifice du style du château de Sarcus.

Ce style d'architecture n'a paru en France même que comme un météore; il n'y a brillé un instant que pour en disparaître aussitôt. Ce fait doit faire regretter encore plus la disparution de la plupart de ceux que nous possédions. Quelles causes ont pu empêcher ce style d'architecture de se perpétuer? Il y en a probablement plusieurs : d'abord les dépenses excessives auxquelles les nombreuses sculptures devaient entraîner, ensuite le peu de convenance, dans notre climat septentrional, de l'usage des portiques qui entre dans cette architecture comme une disposition obligatoire et caractéristique. Nos habitations ont plus besoin de soleil que d'abri. On avait dû également s'apercevoir que, sous notre ciel humide, les peintures faites à l'extérieur s'altéraient promptement, quoiqu'à Sarcus, en 1834, au moment où on démolissait, on put s'apercevoir que quelques couleurs avaient résisté aux intempéries des saisons, car, après trois siècles d'existence, les cinabres, les bleus d'émail (probablement des lapis-lazuli), avaient conservé leur éclat.

De tous les monuments existant en France, du style d'architecture arabesque que j'ai cités, il ne reste plus à ma connaissance que *Blois*, *Amboise*, *Bonnivet* et quelques autres moins importants. A Blois, et à Amboise, il n'y a jamais eu qu'un petit nombre de détails arabesques. Le château de Sarcus, exceptionnellement, était entièrement de ce style.

La grande architecture de la Renaissance, celle que j'ai appelée *classique*, eut un succès moins éphémère; cultivée par les maîtres italiens que j'ai nommés, elle s'introduisit en France à la suite des artistes *Serlio*, le *Primatrice*, le *Rosso* et d'autres appelés par François Ier. Elle fut imitée par nos grands architectes; par *Pierre Lescot* d'abord. Nous lui devons la magnifique façade de la cour du Louvre, dont le fronton est soutenu par des cariatides, et que les sculptures de *Jean Goujon* ont rendue immortelle.

C'est le plus magnifique et le plus parfait exemple de l'architecture de la Renaissance française.

Vient ensuite *Philibert de Lorme*, l'auteur du château des Tui-
leries, charmante construction, lorsqu'on l'examine isolée des
mauvais annexes que plus tard Ducerceau le jeune y a accolés.

Jean Bullant le suit; c'est à lui qu'on doit *Ecouen* et *Anet*, remarquables surtout par le fini des détails et l'ornementation soi-
gnée de leurs diverses parties; caractère qui distingue l'architecture française de la Renaissance, exécutée à cette époque, de
celle qui l'a précédée comme de celle qui l'a suivie.

Le fait de deux styles d'architecture prenant naissance en
même temps en Italie, au moment de la Renaissance, suivant des
principes différents, et suivant des règles diamétralement opposées, est évident pour moi; il résulte de l'étude faite par moi
de l'histoire de l'architecture à cette époque (1).

On se tromperait, si on pensait qu'en Italie, comme en France,
les deux architectures rivales que je viens d'indiquer s'établirent
sans luttes.

A la suite de leur apparition, on trouve, en Italie d'abord, une
architecture mêlée d'un style qui n'est pas bien déterminé, ce
qui prouve quelle était alors l'hésitation qui existait chez les artistes pour prendre parti pour un des systèmes qui essayaient de
se créer.

En France, alors que la grande architecture classique eut produit ses premiers essais, et se trouva opposée à l'architecture
capricieuse que j'ai appelée arabesque ou romantique, on vit pa-

---

(1) Je crois être le premier qui ait signalé l'apparition simultanée des
deux styles d'architecture, rivaux l'un de l'autre au moment de la Renaissance, ainsi que la lutte qui en a été la suite; lutte qui a duré jusque
au moment où la grande architecture classique l'a emporté sans conteste.

Le fait était assez curieux, et importait assez à l'histoire de l'art, pour
n'avoir pas dû être passé par moi sous silence. Je trouve une preuve de
la rivalité et de l'émulation qu'avait produite en France la présence des
nouveaux styles d'architecture, se disputant la prééminence, dans ce
fait raconté par l'auteur de l'*Histoire de Beauvais*, E. Delafontaine, tome II,
page 272. Les architectes et artistes employés, en 1532, à la construction
du portail du sud de la cathédrale de Beauvais, « *jaloux de la réputation*
» *que venait d'acquérir Michel-Ange par la construction du dôme de Saint-*
» *Pierre, voulurent prouver ce que pouvait faire l'artogival en merveilles,*
» *et élevèrent à Beauvais, sur la cathédrace, cette tour octogone, etc.* »

raître dans les œuvres d'architecture de nos artistes les mêmes hésitations, les mêmes mélanges des styles différents (1) jusque au moment où, sous François Ier, et surtout sous ses successeurs, l'architecture prit une allure plus décidée pour ne plus composer que dans le style classique des premiers grands maîtres; mais alors l'architecture avait déjà dégénéré de ses lignes sévères, de ses masses grandioses et de ses détails précieux, primitivement si bien étudiés.

Actuellement que j'ai dit de l'architecture de la Renaissance ce qui me paraissait devoir être dit, pour que mon lecteur sût à quelle variété d'architecture de la Renaissance appartenait Sarcus, et comment ce style était né, comment il avait été importé en France, comment il avait cessé d'exister, je vais faire la description de l'édifice, tel qu'il existait au xvie siècle, en commençant par l'extérieur, et pour que le lecteur puisse en suivre tous les détails, je mets ici sous ses yeux le plan par terre.

L'architecte de Sarcus, auquel on avait livré un vieux château féodal, dans le style du moyen-âge, flanqué de tours, fermé des quatre côtés, enfermant dans son enceinte une sombre cour et tous les bâtiments indispensables au logement et à l'approvi-

---

(1) Il a dû en être de même à toutes les époques transitoires; ce qui s'est passé à la fin du xve et au commencement du xvie siècle, se passe encore de nos jours sous nos yeux (en 1858-1859). Dans ce moment, nous n'avons pas un style d'architecture reconnu qui fasse école; le caractère du style actuel est de n'en avoir point. C'est un mélange incohérent de classique, de Renaissance, de gothique, d'inventions nouvelles, où ne sait ce que c'est; c'est parfois le monstre d'Horace, et brochant sur le tout une profusion de sculptures sans motifs, d'un goût souvent douteux, né du nombre de sculpteurs ornemanistes sans occupations, que les grands travaux du Louvre et de quelques autres monuments, aujourd'hui terminés, ont créés, et qui, ne trouvant plus à employer leur art dans des travaux du même ordre, mettent leur ciseau au rabais. Aussi, les édifices particuliers qu'on élève, sont-ils aujourd'hui sculptés à l'extérieur comme ils sont dorés en dedans (à l'or faux).

Nous connaissons les styles architecturaux des siècles passés, de Louis XIII, Louis XIV, Louis XV et Louis XVI, ces derniers stigmatisés du nom de *rococo*; quel nom donnera-t-on au style d'architecture de nos jours, après le style Directoire et le style Empire?

sionnement d'une garnison qui devait s'y défendre, pour le convertir en un élégant palais du style italien capricieux, dut, comme premier acte de la transformation qu'il allait faire subir au vieux château-fort, déblayer entièrement l'intérieur de la cour de tout ce qui l'encombrait, et faire disparaître également les constructions qui ne devaient plus faire partie du manoir qui allait être entièrement changé et rajeuni.

Il abattit donc le bâtiment qui existait à l'est, du côté du bourg, et qui continuait la façade de ce côté, afin d'obtenir sur cette face une cour ouverte, conservant à gauche de cette cour la tour où fut depuis établie la sacristie, marquée I sur le plan; et à droite, la tour appelée la *Grosse tour*, parce qu'en effet elle excédait en diamètre les trois autres tours du château.

Ce déblaiement avait donc laissé subsister les tours, le gros mur du sud de la forteresse; seulement on l'avait rasé jusqu'à la hauteur du sommet des portiques que l'architecte se proposait de construire. Il en fut de même du gros mur sur lequel devaient s'appuyer les portiques du fond de la cour, qu'on réduisit dans son épaisseur, afin de le mettre à angle droit de celui du sud, ce dont on ne s'était pas préoccupé lors de la construction de la forteresse.

Quant au manoir des anciens sires de Sarcus, on ne peut savoir exactement quelle transformation on lui fit subir, lors de la régénération du château, pour approprier ses appartements, qui dataient des xiie et xiiie siècles, aux besoins nouveaux que le temps avait créés.

Longtemps un très-petit nombre de chambres avait suffi à la simplicité guerrière des premiers seigneurs. Les sires de Sarcus, au xvie siècle, ont dû ajouter beaucoup à l'étendue des appartements pour satisfaire à de nouveaux besoins; mais nous ignorons en quoi consistèrent ces changements et ces augmentations. Dans le cours de la description que je vais faire du Sarcus de 1550, je noterai le très-petit nombre de pièces ou de choses qui me paraîtront avoir appartenu aux époques antérieures au xvie siècle.

Si actuellement on examine le plan, on verra que tout en voulant que le château présentât l'apparence et le luxe d'un palais, l'architecte, se conformant certainement en cela aux désirs des propriétaires, comme aux besoins de défense existant encore au commencement du XVI° siècle, a percé d'embrasures propres à recevoir des canons (indiquées au plan par les lettres K), le gros mur du sud, dont il n'a diminué l'épaisseur excessive que là où il devait élever la chapelle, et encore a-t-il laissé plus de deux mètres de ce côté, parce que, faisant face à la campagne, il était susceptible d'être attaqué. Il est vrai qu'il était en plus destiné à supporter l'effort des voûtes de la chapelle.

Au XVI° siècle, lorsque les souverains en guerre avec la France ne cessaient de diriger des troupes vers le Nord pour faire diversion aux armées que nous avions dans le Midi, des fossés (1), des ponts-levis levés soigneusement la nuit, une *canonerie* et une *arquebuserie*, toujours prêtes, n'étaient pas de trop pour repousser les partis, qui, à ces époques de guerre et de troubles, ne cessaient de tenir la campagne.

A ces nombreuses précautions on ajoutait encore celle des sentinelles, qui veillaient sans cesse.

Les tours avaient été conservées encore par un autre motif, quoique probablement elles ne fussent pas du goût de l'architecte chargé d'élever un édifice régulier, mais elles étaient des témoignages d'antique noblesse; peut-être aussi les traditions du château avaient-elles à raconter des faits glorieux ou dramatiques à l'occasion de chacune d'elles, et peut-être encore pouvait-on y découvrir quelques traces des siéges qu'elles avaient soutenus aux époques les plus éloignées.

Ces tours étaient pour les seigneurs plus que des constructions, c'étaient des titres (2).

---

(1) En 1784, le château avait encore ses fossés. Le père Daire en parle dans son Histoire Civile et Littéraire de Grandvilliers; il parle aussi des belles avenues du parc, qui dataient peut-être de Jean de Sarcus.

(2) Aux XIII° et XIV° siècles on ornait le sommet des toits pointus des tours, non-seulement de girouettes, mais encore de personnages en plomb ou en terre cuite, représentant les seigneurs constructeurs des châteaux ou de quelques portions de château.

J'ai acquis, lors de la vente du cabinet Prevost de Bresle, la représentation en terre cuite, vernissée, de Savignies, d'un petit seigneur à cheval qui avait eu cette destination.

On disait cet objet provenu d'une des tours de Sarcus, malgré l'inscrip-

CARTES DES DÉCOMBRES DE SARCUS

La chapelle, comme je l'ai dit, occupait l'extrémité de l'aile gauche de la cour, s'appuyant sur la tour du sud, où, comme je l'ai dit encore, on avait établi la sacristie indiquée au plan par la lettre I. L'artiste s'était plu à faire de la chapelle le morceau capital du château; il y avait déployé toutes les ressources de son art, toutes les richesses de son imagination. Elle montait de fond en comble du bâtiment; sa voûte allait atteindre le dessous de la toiture; le fond était un hémicycle formé en cul de lampe; les arêtiers des voûtes, qui s'élançaient de l'hémicycle, aboutissaient dans la portion semi-circulaire à quatre points différents, et chaque point d'intersection était orné d'un sujet religieux exécuté en relief et légèrement en pendentif. Je donne ici,

---

tion qui l'indiquait positivement, ce qui me l'avait fait acheter. Je n'en crois rien. Les armoiries gravées sur l'écu ne sont pas exactement celles de Sarcus; quoi qu'il en soit, je crois devoir donner ici la gravure représentant l'objet, curieux par l'emploi qu'on en a fait, qui nous révèle un usage du XIIIᵉ ou XIVᵉ siècle; curieux aussi au point de vue de la céramique du pays, parce qu'il est incontestablement sorti des fabriques de Savignies.

en regard, dans la planche de détails, aux numéros 1, 2 et 3, ces
sujets qui, recueillis par M. Le Maréchal, ont été donnés par lui au
Musée de Beauvais, où ils sont actuellement déposés et où je les ai
dessinés. Le quatrième sujet, beaucoup plus important que les
autres, s'épanouissait sur la voûte. Ce morceau de sculpture était,
comme on peut le voir, une délicieuse composition; elle représen-
tait le livre saint soutenu par deux anges, aux regards vraiment
célestes et entourés d'une guirlande de chérubins. Cette splendide
sculpture, lorsque je suis arrivé à Sarcus, n'existait plus qu'en
un nombre infini de morceaux, et les figures en étaient tellement
mutilées qu'on ne pouvait plus penser à en recomposer un tout
qui méritât le transport. J'avais d'abord essayé, après avoir con-
sacré deux jours à en faire rassembler les morceaux, à les unir
ensemble au moyen d'une masse de plâtre qui reproduisit à-peu-
près la forme première; mais on dut bientôt renoncer à ce projet,
tant le résultat était incomplet, privé, comme je l'étais, d'un mou-
leur en plâtre pour prendre l'empreinte des débris qui restaient;
je dus me contenter de le faire dessiner par M. Gosse, peintre
habile, qui m'avait accompagné dans mon premier voyage. Son
crayon intelligent dut suppléer souvent aux nombreuses lacunes
qui existaient. Cette impossibilité de copier ce qui n'était plus a
fait que, bien qu'on retrouvât encore le trait général de toutes les
figures, le peintre n'a pu leur donner la naïveté quelles avaient
certainement dans l'original. J'ai cherché à la leur rendre dans la
nouvelle copie que j'en ai fait faire par M. Deroy, et tel que j'en offre
le dessin en regard de cette page on peut apprécier l'importance de
ce bloc d'un seul morceau, qui ne mesurait pas moins que deux
mètres en long et en large sur un mètre d'épaisseur, dont le cube,
en conséquence, était de quatre mètres; il était la clé des deux
voûtes. Au moment de la démolition, on n'avait pris aucun des
soins usités lorsqu'on veut descendre intacte une pareille masse
sculptée; livrée à son propre poids lorsqu'elle avait été débar-
rassée des portions de voûtes qui la retenaient suspendue, on
l'avait laissée choir : on n'avait pas même enlevé les dalles qui
se trouvaient au-dessous, et on n'avait pas pensé à accumuler à
la place où elle devait tomber un amas de sable ou de terre meuble,
qui, se laissant pénétrer, aurait ménagé les saillies et aurait per-
mis de recueillir de grands morceaux; au lieu de cela elle s'était
brisée en un nombre infini de particules, et on les avait relevées

Détails pour le château de SARCUS tel qu'il était en 1550.

Grand bas relief du fond de la chapelle

à la pelle pour les transporter ensuite là où on formait des tas de moellons. J'étais parvenu, après beaucoup de recherches, à en retrouver trente-deux débris, qui, à la rigueur, suffisaient pour donner une idée du tout et permettre d'en faire un dessin.

La pierre dans laquelle on avait exécuté cette sculpture était cette craie durcie des carrières de *Doméliers*, si favorable au ciseau, parce que n'ayant pas de grain elle se laisse couper dans tous les sens, tient parfaitement l'arête et a la propriété d'acquérir à l'air de la dureté.

Si le vandalisme pouvait être intelligent, on aurait, au moyen de quelques soins, préservé de cette horrible mutilation cette sculpture, qui avait une véritable valeur artistique. Le démolisseur y aurait trouvé son compte, car ce morceau capital, descendu avec soin, aurait dû être vendu avantageusement; mais, ô stupidité de ces destructeurs de monuments! leur instinct de cupidité ne leur révèle même pas ce que peut leur rapporter les trésors de l'art que le hasard fait tomber entre leurs mains.

Ce grand bas-relief avait été peint et doré selon l'habitude du temps, et surtout l'habitude italienne. Il en était de même des écussons armoriés. Ces sculptures ainsi peintes devaient concourir à donner beaucoup de richesse à la chapelle, dont l'éclat était augmenté encore par les effets lumineux des verrières reflétant les couleurs les plus vives.

La portion de voûte antérieure à celle de l'hémicycle offrait, dans la combinaison de ses arétiers, quatre intersections. Celles-ci étaient ornées d'écussons sculptés, saillants sur les arétiers. Le sculpteur les avait entourés de couronnes formées de riches rinceaux découpés à jour, et dont trois sont également conservés dans le musée de Beauvais. Ces écus étaient blasonnés aux couleurs des armoiries de Sarcus et de celles de leurs alliances. On pouvait encore y distinguer le lion d'Hermine sur champ de gueules de la famille des Chabannes-la-Palice, à laquelle appartenait la première femme de Jean de Sarcus.

Le fond de l'hémicycle était orné d'un grand sujet sculpté, représentant en haut relief le Père-Eternel, coiffé de la tiare, élevant la main droite comme pour bénir, et supportant dans la main gauche la boule du monde. La figure de Dieu, vue à mi-corps, est de grandeur forte nature. Les anges qui l'entourent dans sa gloire sont aussi de grandeur naturelle. Je donne le dessin de ce morceau, qui m'a toujours paru être d'une main allemande. Toutes les figures en avaient été peintes et dorées. Transporté à Nogent-les-Vierges, où on peut le voir dans le cabinet des antiquités qui précède la bibliothèque, il a été de nouveau peint et doré conformément aux couleurs dont primitivement on avait revêtu les figures qui le composent. Une banderolle qui se déroule au-dessous de la figure du Père-Eternel est soutenue aux extrémités par deux anges agenouillés ; elle portait pour légende : *Tota pulchra ès amica mea, et maculata non est in te.*

Au-dessous du bas-relief il existait, quand j'ai vu Sarcus, une portion carrée et renfoncée que j'avais pensé d'abord avoir contenu un bas-relief représentant quelque autre sujet religieux. Je n'ai pas vu le renfoncement dans toute la hauteur qu'il avait eue, une portion du mur étant déjà démolie ; mais depuis j'ai pensé, avec plus de raison, je crois, que le renfoncement avait reçu dans le temps une toile peinte avec son cadre. Si le vide avait été rempli par un bas-relief, il serait resté aussi bien que la sculpture du Père-Eternel. M. le comte Amédée de Sarcus pense que c'était une statue de Vierge qui existait au-dessous du bas-relief ; que cette statue existe encore, servant d'ornement à une église de couvent située aux environs d'Amiens. Ce fait serait bon à éclaircir, et cette statue de Vierge devrait être reproduite par la photographie, si tant est qu'elle existe, afin d'avoir avec une grande exactitude le portrait exact de cette Vierge. Mais je crois que M. le comte Amédée est dans l'erreur.

Les personnes attachées au château, pages, varlets, écuyers entendaient la messe au rez-de-chaussée, dans la portion de la chapelle indiquée en H au plan ; le seigneur, sa famille, les gentilshommes qui se trouvaient au château assistaient à l'office dans une tribune placée au premier étage, et qui faisait l'extrémité du grand appartement d'honneur bâti au xvie siècle au-dessus du portique A, et du gros mur où se trouvent les embrâsures indiquées en K sur le plan, appartement et tribune dont je reparlerai lorsque je décrirai l'emploi de la portion du premier étage situé du côté de la chapelle.

Les arcades qui entouraient la cour étaient au nombre de vingt-deux ; on en comptait huit dans la façade de l'aile droite ou du *manoir*, tandis que l'aile de la chapelle, qui lui faisait vis-à-vis, n'en présentait que sept ; cependant ces deux ailes avaient la même longueur; on était parvenu à obtenir une arcade de plus du côté du manoir, en diminuant la largeur de chacune des huit qui se trouvaient de ce côté. Cette différence de largeur avait été nécessitée probablement par l'existence de gros murs, restes de la distribution de l'ancien manoir, ou par des dimensions obligéés que nécessitaient les salles F et E du plan. La salle F était appelée salle des festins : c'était la salle à manger des jours de galas. La salle E était la salle des gardes.

Le bâtiment du fond de la cour présentait sept arcades de largeur égale.

La différence qui existait dans le nombre, comme dans les largeurs des arcades des deux ailes, n'apparaissait nullement à la vue lorsqu'on considérait l'ensemble de l'édifice ; les sommets des arcades avaient été élevés à la même hauteur et régnaient parfaitement ensemble. Les différences avaient été rachetées pour les arcades du côté du manoir par un exhaussement imperceptible des piliers dans les portions encore droites, là où commençaient les ceintres ; les sculptures qui remplissaient également tous les entredeux d'arcade confondaient ensemble, pour l'aspect, les arcades de chacun des côtés de la cour, tellement qu'on ne se doutait pas des différences (1).

Dans le cours de ce que j'ai eu occasion de dire touchant les façades, j'ai parlé des petits contreforts angulaires qui se trouvaient entre les arcades, et s'élançaient depuis le sol jusques au-dessous de l'entablement où les pinacles qui en formaient les sommets s'épanouissaient en bouquets de chicorée.

On voit très-bien la forme et la position de ces petits contreforts sur le plan du château, offert à la vue du lecteur, et quant aux ornements sculptés qui les décorent, on peut les voir, au moins en partie, sur la vue extérieure d'une des arcades offerte plus loin comme exemple de la richesse des sculptures de ces arcades.

Six des arcades étaient fermées par des vitraux posés sur des murs d'appui ; c'étaient les trois qui formaient un des côtés de la chapelle H et les trois qui leur faisaient face, et qui closaient la

---

(1) Il y en avait cependant une bien marquée, ce dont on s'aperçoit très-bien en comparant entre elles les arcades relevées par M. Daudin.

I

salle des festins F ; toutes les autres arcades étaient libres et ne se fermaient pas.

Trois arcades formaient l'entrée principale du manoir, par le vestibule ou salle des gardes, marquée en E sur le plan. Cette salle était voûtée ; deux piliers carrés soutenaient les voûtes.

Les treize autres arcades donnaient entrée sous les portiques, espèces de cloîtres qui entouraient la cour en grande partie, comme on peut le voir dans le plan où ces portiques sont indiqués en A.

Il existait sur les faces intérieures des piliers, comme sur les pilastres qui leur correspondaient, à environ deux mètres de hauteur, des espèces de consoles saillantes qui représentaient des salamandres recourbées un peu sur elles-mêmes, couronnées, et que des flammes enveloppaient presque entièrement. C'est de ces salamandres que partaient les nervures ou arétiers qui, s'épanouissant en plusieurs sens, allaient soutenir les voûtes des cloîtres, en formant par leurs entrecroisements des espèces de caissons. J'ai représenté dans la planche de détails, sous le n° 4, une de ces salamandres (1).

A chacun des points d'intersections, qui étaient au nombre de cinq pour chaque voûte, on avait sculpté, comme on l'avait fait aux voûtes de la chapelle, des écussons entourés des ornements les plus délicats, et dont aucun n'était la copie de l'autre ; les points d'intersections existant sous les voûtes des portiques étant au nombre de soixante-quinze, il y avait sous ces portiques soixante-quinze écussons ; chacun des écussons portait des armoiries peintes, dorées ou argentées, selon que le voulait chaque armoirie ; les nervures étaient elles-mêmes sculptées dans tous leurs développements, et sur leurs différentes épaisseurs ou cavités ; de plus, elles avaient été dorées et peintes ; les entrevoûtes

---

(1) C'est une de ces salamandres, la moins mutilée de toutes, qui, rapportée à Nogent-les-Vierges, a servi de modèle pour sculpter celles qui décorent la frise du petit portique élevé dans ma propriété ; ces salamandres s'étant trouvées à Sarcus, à la portée de mutilations faciles, par le bâton ou les pierres, avaient été particulièrement l'objet des dégradations *polissonnières* ou *démagogiques* ; elles étaient au nombre de trente, et cependant à peine trois avaient-elles sauvé leurs têtes. En 1793 on les avait accusées d'aristocratie et de féodalité.

avaient été décorées chacune d'arabesques peints sur un fond bleu d'azur.

Par ce que je viens de dire, on peut se faire une idée de la richesse et du pittoresque que devait présenter l'ensemble de ces portiques, dont aucune construction de nos jours ne peut donner une idée : il ne reste plus rien en France d'analogue, et aucun auteur du temps ne s'est trouvé pour parler d'une semblable merveille !

J'ai trouvé dans les décombres plusieurs sculptures représentant des chiens couchés, comme j'en ai représenté un (n° 5 des détails). Ils avaient dû soutenir des nervures de voûtes dans d'autres portions du bâtiment. Celui dont j'ai fait un croquis et qui figure dans la planche de détails était dans la salle des gardes, au pilier qui fait face à la lettre E.

Il était là probablement pour rappeler aux sentinelles la vigilance qu'ils devaient apporter dans leur service.

La lettre F, aux extrémités fleurdelysées, sculptées en relief, indiquée sous le n° 6 dans la planche de détails, a été trouvée dans les débris et rapportée à Nogent, toute mutilée qu'elle était ; elle paraissait avoir été l'objet de colères exceptionnelles; elle avait servi de but à un grand nombre de pierres employées comme projectiles ; où était-elle située dans le château? C'est ce que je n'ai jamais pu savoir des nombreuses personnes que j'ai cependant interrogées à Sarcus, pendant les séjours que j'y ai faits, en les menant en face même de cette sculpture.

J'ai dit que la pièce circulaire existant au rez-de-chaussée de la tour du sud-est, attenant à la chapelle, et indiquée en I au plan, était la sacristie.

La pièce indiquée en G, qui existait au rez-de-chaussée de la grosse tour, servait d'office ; elle était au-dessous de l'appartement du Roi.

La pièce indiquée en C dans la tour du nord-ouest, et de forme hexagone, contenait les cuisines.

On n'a pu me dire à Sarcus la destination de la pièce circulaire marquée D au plan qui occupait le rez-de-chaussée de la tour du sud-ouest, tour dans l'épaisseur des murs de laquelle existaient deux escaliers, un descendant dans les fossés, l'autre montant au premier étage, où était établi un cabinet qu'on appelait cabinet des armoiries, dont je parlerai plus tard ; quant à la petite pièce circulaire qui occupait le rez-de-chaussée de la tour, pièce qui depuis longtemps n'avait plus de nom, je suis persuadé, par sa position, et par toutes les circonstances qui l'environnaient, que c'était un corps-de-garde.

Je ne sais pourquoi j'avais pensé que là aussi avait dû exister *les oubliettes;* tellement que j'y avais fait pratiquer une fouille que je n'ai pas poussée très-loin.

Quel château fort, quelle grande demeure féodale n'avait pas, dans le XIII° siècle, ses oubliettes, son cul de basse fosse obligé, son *tombeau à vivants,* comme on disait alors. A cette époque, où les *vilains,* comme pour se venger de toutes les exactions dont ils étaient l'objet, parodiaient le nom de gentilhomme en appelant les nobles *Gentuhommes* ou *Genpillehommes,* on ne se faisait pas scrupule de les y ensevelir (1).

Cependant je dois avouer que mes recherches ont été infructueuses, et qu'à l'honneur des sires de Sarcus, les populations interrogées par moi ne paraissaient pas avoir gardé le souvenir de l'emplacement de ces geôles terribles.

Les quatre pièces circulaires qui occupaient les rez-de-chaussées des tours étaient toutes voûtées, avec sculptures aux retombées et rosaces, faisant pendentifs, au centre.

La partie indiquée au plan par les lettres B B était une terrasse ; je ne l'ai pas vue, elle était détruite par le temps ou démolie quand j'ai été à Sarcus ; je dois la connaissance de ce détail à M. le comte Amédée de Sarcus qui, dans son enfance et sa jeunesse, avait habité ou visité le château dont il portait le nom.

J'ai terminé la description du rez-de-chaussée du château et l'indication de l'emploi des pièces qui le composaient; je vais essayer actuellement de décrire ses façades et leurs sculptures innombrables et variées.

Je renvoie d'abord le lecteur à la vue perspective placée en tête de cette notice, en regard du titre, pour que, l'examinant avec soin, il se trouve préparé à ce que je vais avoir à lui décrire en détail.

---

(1) Une des tours qui se trouvent à l'entrée de l'ancien évêché de Beauvais (aujourd'hui palais de justice) montre encore un de ces hideux cachot. On y descendait les victimes au moyen d'une poulie.

En examinant ces façades on a pu remarquer la richesse des sculptures de la portion qui forme le rez-de-chaussée, celle des arcades ; pas une place qui ne soit comme brodée au ciseau, et malgré cette profusion, cela fait bien, parce que c'est une base ; je mets sous les yeux du lecteur une des arcades dessinée sur une grande échelle, le dessin d'une portion du rez-de-chaussée pouvant seul donner une idée de la richesse de cette partie de l'édifice. Je ne crois pas même devoir rien ajouter à l'impression que la vue de ce dessin doit produire sur le lecteur.

Au-dessus des arcades régnait une frise non interrompue ; du côté de la chapelle, et au fond, la frise n'avait reçu aucun ornement, que des tables renfoncées ; du côté du manoir elle était ornée de dix médaillons, placés au-dessous des croisées, deux sous chacune des croisées qui formaient les extrémités des ailes du manoir, et un seul sous chacune des six autres croisées. Les onzième et douzième médaillons étaient placés en retour sous les croisées de la façade latérale faisant face au bourg.

Cette *ornementation* de la frise a certainement été exécutée après tous les travaux finis, et comme le commencement d'un complément obligé du monument ; je n'ai pu savoir si, dans la frise de l'aile de la chapelle et dans la frise de façade du fond, il existait des pierres propres à sculpter des médaillons posés d'avance ; ce fait aurait indiqué quelles avaient été les intentions de l'architecte relativement à l'ornementation de la frise, enrichie de médaillons dans toute son étendue, ou si après coup seulement on n'avait voulu en mettre que sur la frise de l'aile du manoir.

Ces collections iconographiques sculptées étaient dans les habitudes architecturales du temps ; je ne crois pas avoir vu un édifice de cette époque et du style dans lequel on a élevé Sarcus, qui n'ait présenté, mêlé à ses arabesques, des médaillons ; souvent ils étaient en marbre, et plusieurs fois je les ai vus représenter les douze Césars, avec les noms en latin inscrits autour des effigies, ce qui témoigne de l'engoûment qu'on avait alors pour tout ce qui rappelait l'antiquité. Sarcus a eu les siens, dont on voyait encore la place dans les petites couronnes qui font partie des sculptures qui surmontent l'espèce d'entablement saillant des arcades.

J'ai dit dans ma notice de 1858 que je regardais les médaillons comme n'ayant été sculptés qu'après la mort de Jean de Sarcus,

4

et probablement par les soins d'Adrien Ier Tiercelin de Brosses (1).

Ce seigneur avait été élevé et nourri à Blois et dans les autres châteaux des bords de la Loire : il les avait habités avec les différents Dauphins, desquels il avait été successivement gouverneur.

De plus, très-probablement, il avait pris part dans sa jeunesse aux diverses expéditions d'Italie.

Dans ces différentes positions, il avait dû contracter la passion des arts, et particulièrement de l'architecture ; il avait beaucoup connu à la cour Jean de Sarcus, dont, vers la fin de sa vie, il a épousé la petite-fille, nièce de François de Sarcus.

Dans la note ci-dessous, j'indique les personnages représentés dans les douze médaillons, les seuls, comme je l'ai dit, qui aient jamais été exécutés, et que j'ai recueillis à Nogent-les-Vierges, où ils décorent mon petit portique ; je regarde cette collection comme étant des plus précieuses, soit qu'on la considère au point de vue iconographique, ou au point de vue du costume et de l'art (2).

---

(1) D'après des calculs dont j'ai amplement entretenu mes lecteurs dans la notice sur le portique de Sarcus, insérée en 1858 dans le recueil des mémoires de la Société du Beauvaisis, les médaillons n'ont dû être exécutés que de 1536 à 1540 ; et comme quelques travaux ont dû être faits encore après cette époque, j'ai pensé que je devais assigner la date de 1550, comme celle où le château a été bien *certainement* terminé et a atteint sa plus grande perfection.

(2) Chacune des têtes des personnages représentés dans les médaillons est de grandeur naturelle et en ronde-bosse ; chacune d'elle est placée dans une portion creusée en demi-sphère ; la portion circulaire extérieure est entourée d'une couronne sculptée en relief, toujours d'un dessin différent. Rien n'est plus *portrait-nature* que ces figures qu'un praticien habile a jugé avoir été taillées sur place dans les pierres qu'on y avait incrustées d'avance, et cela d'après des originaux peints ou dessinés qu'on a donnés pour modèles au sculpteur ; ils sont regardés comme étant tous de la même main. (Voir ces médaillons dans la Notice de 1858, insérée au volume, 1858, des *Mémoires de la Société Académique de l'Oise.*)

Les personnages représentés sont : 1° *François I*^{er} après sa blessure de Romorantin, qui a exigé qu'il eût longtemps la tête coiffée d'une espèce de turban ; — 2° *la reine Claude*, l'excellente fille de l'excellent

Revenant à la frise dans son rapport avec l'harmonie générale
du monument, et que je suppose orné également sur ses trois
faces des médaillons que probablement on avait projeté d'y mettre,
j'y remarque le mérite d'être alors moins ornée que la portion
inférieure qui soutient le tout, et de l'être plus que la portion
supérieure qui forme le premier étage, l'architecte devenant toujours plus sobre de sculptures, c'est-à-dire plus léger à fur et à
mesure qu'il s'élève du sol vers le sommet de l'édifice; arrivé au
premier étage, l'architecte n'admet plus sur le nu du mur que
les prolongements des petits contreforts qui séparent les arcades
et s'en vont constamment en s'amincissant jusques au moment
où leurs pinacles, couronnés chacun d'un bouquet de feuilles de
chicorée, s'épanouissent au-dessous de l'entablement.

Au-dessus de chaque arcade, l'architecte a mis une grande
croisée divisée par des meneaux; chacune de ces croisées est entourée d'un riche chambranle à masques et à candélabres, assez
accentué pour être en harmonie avec la richesse et le modelé

Louis XII; — 3° *François, dauphin*, fils aîné de François I⁰ʳ; — 4° *Henri
d'Orléans*, depuis Henri II; — 5° *Charles d'Angoulême*, troisième fils de
François I⁰ʳ; — 6° *Marguerite de France*, deuxième fille de François I⁰ʳ,
mariée au duc de Savoie; — 7° *Louise de Savoie*, mère de François I⁰ʳ,
à laquelle la France a plus d'un reproche à faire; — 8° *Marguerite-de-
Valois*, l'aimable sœur de François I⁰ʳ; ces huit portraits sont incontestables, et leur existence comme leur conservation sont précieuses,
parce qu'ils enrichissent l'iconographie d'une des plus intéressantes
époques de l'histoire de France.

Pour les quatre derniers médaillons, les personnages représentés sont
incertains. Les lecteurs de cette Notice pourront recourir à celle de 1858
pour connaître les motifs ou plutôt les présomptions qui m'ont porté à
les nommer comme je l'ai fait; j'ai pensé, d'après la tradition qui, à
Sarcus, disait que plusieurs des médaillons représentaient des membres
de la famille de Sarcus, que ces membres de la famille étaient : *Jean de
Sarcus*, auquel on devait la construction du château, personnage cou-
ronné de lauriers, ce qui indiquerait suffisamment que ce médaillon
apothéose a été fait après la mort du personnage, car on ne se couronne
pas soi-même de lauriers; — *François de Sarcus*, évêque du Puy-en-
Velay, d'abord abbé de Blangy-en-Ternois. François de Sarcus a été sei-

général et cependant laissant à cette portion déjà élevée, suffisamment de légèreté ; je donne ici en regard le dessin d'une de
ces vingt-deux croisées.

Un entablement, ni trop fort ni trop faible, orné d'une petite
frise dans sa portion inférieure, vient soutenir la toiture et terminer l'étage.

Au-dessus de l'entablement, l'architecte avait élevé autant de
lucarnes qu'il y avait de grandes croisées ; ces lucarnes découpaient le blanc des pierres dont elles étaient formées et la
silhouette de leurs sculptures sur la couleur sombre des grands
toits qui terminaient le bâtiment. J'ai dit dans la première partie
de ce travail que les lucarnes qu'on voit dans la vue perspective
que j'ai relevée, n'étaient pas celles qui avaient existé à Sarcus ;
M. le marquis de Grasse, lors de sa restauration, avait abattu ce
qui restait de celles du xvie siècle, probablement parce qu'elles
étaient en trop mauvais état pour être conservées, et qu'il y avait
substitué la très-prosaïque mansarde.

---

gneur de Sarcus après la mort de son père, Jean de Sarcus ; — *Adrien I*,
Tiercelin de Brosses, mort en 1548, petit-gendre de Jean de Sarcus, qui
n'a point été seigneur de Sarcus, mais que je regarde comme ayant pré-
sidé aux travaux qui ont terminé le château ; et enfin, selon mon système
et mes présomptions, le douzième médaillon représente Mlle *Pisseleu
d'Heilly,* petite-nièce de Jean de Sarcus, depuis duchesse d'Étampes,
dont l'histoire dit : *Elle profita largement de sa haute faveur pour avancer
et enrichir sa famille ;* ce dernier médaillon représente une dame, la tête
couverte de panaches.

Suivant celui de Messieurs les comtes de Sarcus qui habite le château
de Bussy-Rabutin, et avec lequel j'ai eu l'honneur de correspondre à cette
occasion, ce médaillon représente *Bonne de Sarcus* et non pas la duchesse
d'Etampes ; M. le comte de Sarcus m'a fait part des motifs sur lesquels il
fonde son opinion, motifs qu'il serait trop long de transcrire ici ; comme
il part d'un autre point de vue que moi, je trouve le raisonnement de
M. le comte de Sarcus de Dijon parfaitement soutenable ; cependant il ne
m'a pas fait changer d'opinion, c'est-à-dire de système.

M. de Sarcus se fonde surtout sur le manque de ressemblance de notre
médaillon avec un portrait de Mlle d'Heilly, qui fait partie de la galerie
du château de Bussy, et aussi avec celui donné par Alexandre Lenoir

J'ai dit aussi dans mon avant-propos, à l'occasion des crêtes et des girouettes, tout ce que j'avais à en dire.

L'ensemble du monument, lorsqu'il a été terminé, et tel que j'ai essayé de le montrer dans la vue perspective que j'ai mise sous les yeux du lecteur, tel enfin qu'il devait se présenter en 1550, devait être d'un aspect saisissant; et c'est alors que Jean d'Auton aurait pu s'écrier, dans son langage naïf : *Il était tant beau, et tant somptueux, que bien semblait être œuvre de roi.*

Si, passant de l'ensemble aux détails, on examine avec soin les arabesques si nombreux qui entourent les arcades, on verra qu'une corde, interrompue de distance en distance par un nœud ou plutôt un peloton, sert d'ornement aux arcades dont elle entoure constamment le bord extrême (1); cette corde qui, comme ornement ne se recommande en aucune façon aux artistes, a dû

(le père) comme extrait d'une grande composition qui existe à Fontainebleau, portrait idéalisé par le Primatice et d'un caractère tout autre que tous ceux donnés comme reproduisant les traits de cette dame.

D'abord, le portrait donné par Alexandre Lenoir est-il bien un portrait ou une intention de portrait de la duchesse d'Etampes? Dans la grande composition, c'est une divinité; je ne connais pas le portrait de la galerie de Bussy, mais je connais le portrait donné comme étant celui de la duchesse et qui fait partie du Musée de Versailles, sous le n° 3076 de la salle 153 (salle située dans l'attique); ce portrait ne ressemble nullement à celui publié par Alexandre Lenoir. Ce dernier portrait a la tête longue, celui de Versailles l'a plutôt ronde. Le portrait de Versailles représente une femme d'un blond aventuré, sa figure est de face, ses lèvres sont minces, elle a peu de sourcils, le nez n'est ni long ni court ; cela ne ressemble nullement au portrait dû au pinceau du Primatice ; ce n'est pas non plus positivement notre médaillon, mais il en approche beaucoup plus. Je ne me suis pas d'ailleurs fondé dans mes conjectures sur des ressemblances de traits avec un portrait quelconque, on n'en connaît pas un seul de la duchesse d'Etampes qui puisse être considéré comme étant vraiment authentique. La question en reste donc où elle en était, peut-être un jour cette question s'éclaircira-t-elle par la découverte d'un portrait irrécusable.

(1) Voir plus loin un dessin de cette corde et d'après Sarcus, et d'après Gaillon.

être employée là par un autre motif que celui de l'enjolivement;
on la trouve à Blois, à Chambord, à Amboise, et dans presque
tous les édifices de la même époque. Elle doit avoir eu un sens
que nous ne connaissons plus; à mon avis, elle a été adoptée sous
Louis XII, en souvenir d'Anne de Bretagne, qui après la mort de
Charles VIII, son premier mari, l'avait adoptée elle-même en signe
de veuvage et de regret. Depuis, on aura continué à l'employer
sous Louis XII veuf, et puis enfin sous François Iᵉʳ, à moins que
le château de Sarcus, dont la date de fondation ne nous est pas
bien connue, n'ait été commencé au retour de Louis XII d'Italie,
par Jean de Sarcus, épris comme l'était le roi, de l'architecture
italienne arabesque (1).

Un des petits contreforts angulaires, celui qui faisait partie du
pilier à gauche de l'entrée de la salle des gardes, avait été décoré par le sculpteur-ornemaniste, dans la portion qui lui sert
comme de chapiteau gothique, d'une petite figure de *roquet* dans
la position d'un de ces petits chiens de dame. A Sarcus, ce
petit chien passait pour représenter le *tout-tout* bien-aimé de
Mˡˡᵉ de Sarcus; je ne saurais avoir une opinion à cet égard.
Ce qu'il y a de certain, c'est qu'à cette époque les petits chiens
étaient fort à la mode. Chacun se souvient d'avoir lu dans les
Mémoires de Louise de Savoie, mère de François Iᵉʳ, le rôle
important qu'elle fait jouer dans ces Mémoires à son petit chien
Hapegay, si gentil à son maître. Beaucoup de portraits des dames
de cette époque sont représentés ayant des roquets entre les bras
ou sur leurs genoux. Le portrait de Marguerite de Valois nous la
montre avec un de ces petits épagneuls, et j'en connais quelques
autres du même temps qui ont également de ces petits chiens.
Ils sont tous de la même race qui, à ce qu'il paraît, était alors
en faveur, comme de nos jours nous avons vu l'être les *Kings-*

---

(1) La date de 1523, inscrite sur l'arcade qui servait d'entrée au ma-
noir de Sarcus, ne peut  être celle de sa fondation; elle désigne né- cessairement la ferme-
ture de l'arcade princi- pale. Je donne ici cette
date comme elle est in- scrite sur la clé de l'arcade, qui est une de celles rapportées à Nogent-les-Vierges, où on peut la voir encore.

Charles. Je donne ici dans le texte la portion du pilier représentant cette sculpture.

J'ai dit quelque part, dans l'avant-propos je crois, que l'architecte de Gaillon était probablement aussi celui de Sarcus, ou qu'au moins Sarcus était dû à un élève de celui de Gaillon ; que j'en jugeais ainsi parce que les deux édifices offraient dans beaucoup de leurs ornements des détails absolument semblables, et que les sculpteurs ornemanistes de Sarcus devaient être les mêmes que ceux qui avaient sculpté à Gaillon, à tel point qu'ils paraissaient s'être servis des mêmes *ponsis.* Je donne à la page suivante, comme preuve de ce que j'avance, des détails pris dans l'un et l'autre édifice, posés en regard les uns des autres. Parmi ces ornements se trouvent les cordes à nœuds dont j'ai parlé plus haut (1).

(1) Comme ornements, ces cordes ne sont pas gracieuses, et elles n'auraient pas été choisies par les ornemanistes comme moyen de décors, si elles ne leur avaient pas été pour ainsi dire commandées par un motif qui, pour nous, est resté assez obscur.

L'usage paraît s'en être introduit sous Charles VIII, à la suite d'Anne de Bretagne, soit pour rappeler l'*ordre de la Cordelière*, fondé par cette princesse à l'usage des dames, et dont la femme de Jean de Sarcus était peut-être décorée; soit pour rappeler, après la mort de Charles VIII, la douleur d'Anne de Bretagne, qui, en sa qualité de veuve, dût se ceindre d'une corde à nœuds.

SARCUS.   GAILLON.

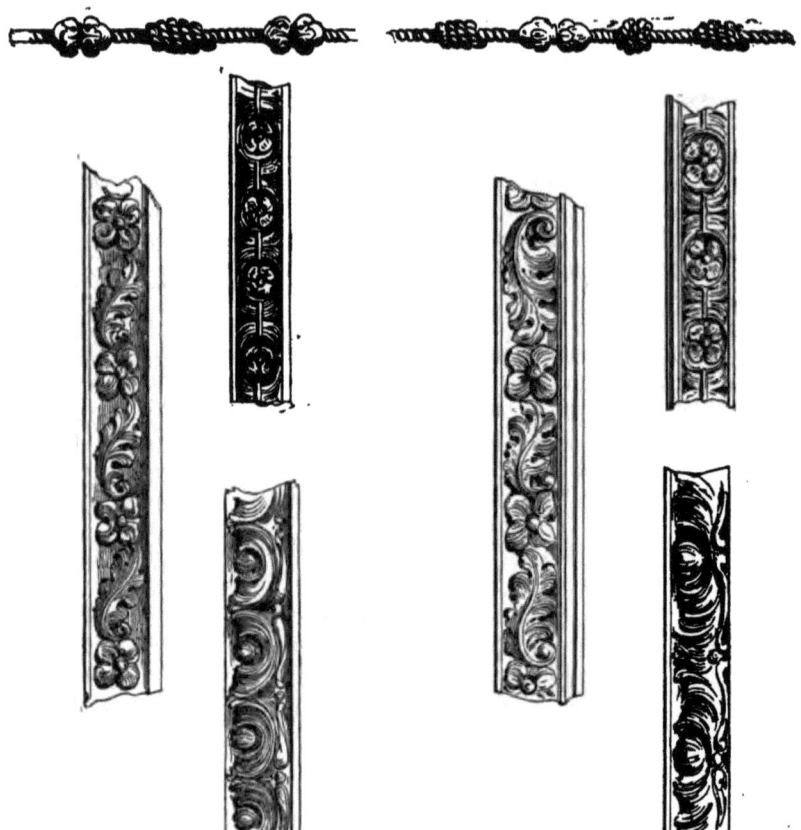

Il ne me reste plus actuellement qu'à faire monter mon lecteur dans les appartements situés au premier étage du manoir où se trouvaient les pièces habitées par le seigneur, sa famille et les hôtes qu'il hébergeait.

Rentrant donc au rez-de-chaussée, dans le vestibule ou salle des gardes, que nous avons précédemment décrite, nous montons les degrés du grand escalier, que nous trouvons à gauche de cette pièce; ils nous conduisent à une pièce située au-dessus de la portion du portique du rez-de-chaussée indiquée en A. C'est une chambre à laquais, donnant entrée aux pièces qui étaient celles de l'ancien manoir E, F, G.

Quelle était l'attribution de ces différentes pièces sous les primitifs seigneurs? Nous n'en savons plus rien; nous savons seulement qu'ils y logeaient; nous pensons de plus qu'elles étaient tendues de ces grandes tapisseries à figures que fabriquait la Flandre, comme la cathédrale de Beauvais nous en a conservé quelques-unes, et que des croisées à vitreaux peints y réfléchissaient les merlettes des Sarcus sur leur champ de gueule. Le reste nous l'ignorons complétement (1).

---

(1) On a retrouvé quelques débris de vitres, entre autres un petit seigneur à cheval, du XIIᵉ ou XIIIᵉ siècle, et, m'a-t-on dit, quelques lambeaux de tapisseries que je n'ai pu me procurer.

Le petit seigneur représenté ici porte sur le poing un faucon. Le poëme du *Vœu du Héron*, commenté par de La Sainte-Palaye, parle d'un noble seigneur portant *un faucon muscadin mignonnement engantelé* :

> Un petit faucon porte, qui de lui fut nourris,
> Un faucon muscadin l'appellent au pays.

On pourrait y reconnaître le petit gentilhomme de notre vitre.

Ce passage du vieux poëme prouve au moins que la vitre est du XIIIᵉ siècle.

Une cheminée du xiv° siècle, peut-être du commencement
du xv°, existait encore quand j'ai visité ce corps de logis au moment où on allait l'abattre; depuis, en démolissant cette cheminée,
on en a cassé les jambages.

J'ai recueilli à Nogent les deux tiers à peu près
d'une de ces colonnes, de forme octogone; le
musée de Beauvais conserve une portion de l'autre. Je donne ici en marge le dessin du frag-
ment que j'ai sauvé. La pierre dans laquelle on
a taillé et sculpté ce morceau est d'une dureté
remarquable, aussi la sculpture en est-elle assez
grossière, et si je le mets sous les yeux du lecteur, c'est bien plus à cause de son style que
comme objet d'art. On voyait encore dans la
partie supérieure de la cheminée des traces de
sculpture qu'on m'a dit représenter une passe
d'armes et des armoiries; je n'ai pu en retrouver
les débris. Le foyer était d'une telle dimension,
qu'on aurait pu y engloutir des troncs d'arbres
tout entiers. Cette grande cheminée, qui, je crois,
était antérieure aux constructions de Jean de
Sarcus, indiquait probablement la grande chambre; à la suite se trouvaient deux pièces qui occupaient la surface au-dessus de la portion indiquée en F au plan.

1 mètre 15 centimètres.

La portion la plus rapprochée de la tour s'appelait la *Chambre
du lit du Roi* (1). C'était certainement là que, du temps des sires de
Sarcus et de leurs successeurs, logeaient les souverains lorsque,

---

(1) François I°° a dû y loger souvent; l'histoire ne nous a conservé aucun souvenir de ses séjours; mais, grâce aux itinéraires du marquis
d'Aubais, nous savons que Louis XIII s'y est arrêté en 1638, et Louis XIV
alors qu'il se rendait dans les Pays-Bas. Tous les souverains ont dû y
loger, par suite des nécessités et des usages hospitaliers du moyen-âge.
Les seigneurs ayant des vassaux avaient, au xii° et xiii° siècle, droit de
gîte chez eux, et ainsi dans l'échelle féodale depuis le haut baron jusque
au moindre gentilhomme ayant fief.

Parfois ce droit était absolu et sans limite; le plus souvent les actes de

dans les nombreux voyages qu'ils faisaient à travers leur royaume, ils s'arrêtaient à Sarcus.

Au moyen-âge, où les hôtelleries én état de loger un roi n'existaient pas, les souverains logeaient chez les seigneurs dont les châteaux se trouvaient sur leur passage, et ce qui avait été d'abord pour eux un droit et une nécessité, était devenu pour les seigneurs un honneur. Il est difficile de rencontrer en Picardie et certainement ailleurs un vieux château où on ne vous montre pas la *chambre au roi*. A Sarcus, elle existait près de la tour du nordest ou la grosse tour.

Je soupçonne que cette grosse tour renfermait autrefois le grand escalier ou plutôt l'escalier, car, avant Jean de Sarcus, il n'y en avait certainement qu'un seul.

Le grand escalier à rampe droite, à palliers de repos, par lequel j'ai fait monter le lecteur, ne datait que de Jean de Sarcus, ainsi qu'un petit escalier placé au-dessous de la chambre du Roi, et qui servait d'escalier de service ou dérobé, recherche qu'on n'avait pas antérieurement au xvie siècle.

La pièce circulaire qui était au premier, au-dessus de l'office G, était dite le cabinet du Roi, et attenait à sa chambre.

Retournant actuellement sur nos pas, nous retraversons l'antichambre A, et nous entrons dans la *galerie* établie sur le portique du fond de la cour et l'ancien gros mur de la forteresse, du côté de l'ouest.

Cette galerie avait trente-quatre mètres de long sur cinq de large; elle avait été élevée du temps de Jean de Sarcus. Comment l'architecte du château de la renaissance avait-il décoré l'intérieur de cette galerie? C'est ce que nous ignorons, et nous devons vivement regretter que M. le marquis de Grasse ait substitué aux ornements intérieurs de cette galerie, qui, comme ceux

---

fondation des fiefs ou l'usage avaient réglé à quel nombre d'hébergeages, pendant une année, le vassal était tenu envers le seigneur.

Quelquefois le possesseur vassal devait livrer tout le manoir et se retirer dans les communs, lui et sa famille, pour le laisser au suzerain et à sa suite; quelquefois il ne devait qu'une pièce et une écurie. Le droit d'*hébergeage* était ainsi plus ou moins étendu et ordinairement déterminé d'avance. Au xive et au xve siècle les choses durent se modifier.

des façades extérieures et du même style, devaient être pleins de
goût et de caprices, les ignobles colifichets Louis XV qu'il y avait
fait poser. Les ameublements du xvi° siècle devaient également
être en rapport avec les décorations de la même époque. Mais,
depuis longtemps, toutes ces magnificences du xvi° siècle avaient
disparu, et lorsqu'on a vendu le château pour l'abattre, il n'en
existait plus de traces. Aux miroirs à facettes de Venise, on avait
substitué des glaces à trumeaux; aux verrières, des carreaux inco-
lores; aux tapisseries à personnages et aux cuirs de Venise, gauf-
frés, peints et dorés, si meublants et si décorants, on avait
substitué de grands lambris, et aux portraits chevaleresques des
anciens sires, de mauvais tableaux au nombre de quatorze, représentant les batailles et siéges auxquels avait assisté M. le marquis François de Grasse Je n'ai pu retrouver un débris de *bahut*
ou de *dressoir;* mais seulement quelques portions d'un grand lambris qui garnissait la salle des galas, et quelques ferrures que
j'ai utilisées dans les intérieurs de mon petit portique de Sarcus,
relevé à Nogent, et dont j'ai parlé dans ma notice de 1858.

A l'extrémité de la galerie du côté du sud, dans la tour qui
est de ce côté, existait un cabinet qui était connu à Sarcus sous
le nom de *cabinet des armoiries.* Il était, en effet, revêtu du haut
en bas d'une boiserie à panneaux, au milieu de chacun desquels
était un écusson, avec rinceaux sculptés en relief. On avait peint
sur chacun des écus des armoiries aux couleurs, dorures et argentures propres à chacun des blasons qu'on avait voulu représenter.

Les armoiries des Tiercelins de Brosses y étaient en plus grand
nombre que les autres, et il semblait qu'on les eût placées de
distance en distance, comme des astres autour desquels venaient
graviter les alliances. — Ce cabinet avait été évidemment décoré
après la mort de Jean de Sarcus, et probablement lorsque Adrien I°
de Brosses, héritier présomptif, présidait aux travaux qui devaient terminer Sarcus, et lui donner ce qui pouvait encore manquer à son lustre. — Les lambris de cette pièce avaient échappé à
la restauration style Louis XV du marquis de Grasse. M. Graves
m'avait signalé l'existence de cette boiserie sculptée, et ce que je
viens d'en dire n'est que la répétition de ce qu'il m'avait dit lui-
même. — J'ai en vain demandé à Sarcus ce qu'étaient devenus
tous ces lambris, tous ces blasons, on n'a jamais pu m'en ins-
truire. Si leur état de vétusté ne les a pas condamnés au feu, ils

auront été la proie de quelque marchand de bric à brac, qui les aura vendus à quelques faiseurs de *vieux meubles modernes.*

En passant de l'extrémité de la galerie dans l'aile de la chapelle, on se trouvait dans une suite de pièces au nombre de trois qui formait en dernier lieu ce qu'on appelait le *grand appartement;* une porte placée à son extrémité, du côté de la chapelle, donnait entrée dans la tribune, du haut de laquelle le seigneur et sa famille entendaient la messe.

Quel avait été le décors primitif de cet appartement d'honneur? c'est ce que je ne saurais dire; il est certain seulement que l'aile où il était établi avait été complétement terminé au xvi° siècle, comme le prouveraient les petits contreforts et leurs pinacles montant de fond en comble, et qui existaient partout sur le nu des murs de cette aile comme sur ceux des autres bâtiments. Cette façade paraissait même avoir été faite la première, en même temps que la chapelle, c'est-à-dire au commencement du xvi° siècle; c'est au sommet de la façade attenant à la chapelle que paraissait avoir appartenu le tronçon d'entablement qui avait échappé au vandalisme des maçons du marquis François de Grasse, en 1764 ou 1765; mais nous ne savons rien de l'emploi de cet appartement à l'époque de Jean de Sarcus : est-ce celui qu'il avait adopté pour lui-même? est-ce celui qu'il réservait aux hôtes illustres qui, au xvi siècle, devaient affluer à Sarcus?

A cette époque on n'avait plus les mœurs renfermées et simples. des temps antérieurs; les seigneurs avaient remplacé la puissance réelle qu'ils avaient eue à l'époque de la pure féodalité par quelque chose de plus brillant, de plus sociable et de plus communicatif, je dirais presque de moins barbare ; mais ce n'était plus la grande indépendance qu'au moyen-âge les seigneurs avaient possédée; Louis XI, avec une grande habileté, l'avait fort amoindrie, il avait commencé ce que Richelieu a terminé.

Les seigneurs, attirés à la cour, étaient tout aussi braves que l'étaient leurs ancêtres; mais ils avaient cessé d'être aussi batailleurs; ils avaient pu démanteler leurs châteaux et adopter des habitudes moins farouches; ils étaient devenus courtisans et avaient transporté dans leurs provinces des mœurs adoucies, des mœurs élégantes et des besoins nouveaux contractés à la cour de leurs princes, qui avaient su les y attirer. Ceux des grands seigneurs qui avaient des charges qui ne les y fixaient que pendant

une portion de l'année ou passagèrement, retournaient ensuite
dans leurs provinces au milieu de leurs vastes domaines, et, à
l'instar de leur souverain, eux aussi ils tenaient cour : ils s'entouraient de leurs vassaux, de leurs voisins ; ils étaient visités par
les puissants barons auxquels, à leur tour, ils rendaient les mêmes
honneurs ; ils organisaient des fêtes, des chasses, des tournois,
que leurs grands vassaux eux-mêmes leur rendaient (1).

Ces mœurs nouvelles avaient fait renoncer aux sombres don-
jons et avaient nécessité des habitations appropriées à des besoins
tout nouveaux.

Jean de Sarcus, revêtu de grandes charges, ami et compagnon
d'exploits de son Roi, dut donner l'exemple de cette nouvelle
manière de vivre, et c'est à ces nouveaux besoins qu'on doit at-
tribuer la construction du château de Sarcus au XVIe siècle. Le
brave capitaine ne l'avait certainement pas élevé pour satisfaire
seulement à des goûts architecturaux, il avait dû le faire pour y
vivre d'une façon aussi nouvelle pour la localité que l'était lui-
même le style d'architecture de la nouvelle demeure ; ce grand et
magnifique manoir a donc dû être témoin de réunions nombreuses, de fêtes magnifiques ; on aime à se représenter ces portiques, ces appartements remplis d'une foule de seigneurs, de
dames, d'écuyers brillamment vêtus, allant, venant et donnant
à ces pierres que nous n'avons plus vues que froides et solitaires,
une vie, une animation dont rien de ce qui existe aujourd'hui ne
saurait nous fournir une idée.

Dans les nombreuses études que j'ai faites concernant l'histoire
des XIVe, XVe et XVIe siècles, j'ai trouvé un passage de Froissart
qui m'a toujours frappé, parce que je croyais y voir le tableau

---

(1) Au XIIe siècle et plus tard, les grands vassaux devaient à leur haut
seigneur un certain nombre de jours de fête ou de tournois ; mais ces premières fêtes ne pouvaient se comparer à celles du XVIe siècle.

« Chaque seigneur s'efforçait d'attirer à sa cort le plus d'étrangers pos-
» sible, et pour les y maintenir il se faisait un devoir de la munificence
» et de l'hospitalité.

Les cors tiendront li ancessor
En ces festes firent honor
De biau despendre et de donner.
                    (Bible de Guyot, de Provins.)

que mon imagination s'est toujours faite des réceptions seigneu-
riales qui durent avoir lieu à Sarcus, au moment où la splendide
demeure a été dans tout son éclat; quand rien n'a plus manqué
à sa perfection, que ses portiques ont été parés de leurs vives
couleurs, que les blasons brillaient de leurs émaux, c'est-à-dire
à l'époque où son vaillant possesseur s'est trouvé à l'apogée de
sa gloire et de son opulence.

Voici le passage de Froissart.

« Dans ces grands manoirs (y est-il dit), y voyait-on, en la salle,
» la chambre et la cour, chevaliers et écuyers abonder, aller, mar-
» cher, et les oyait-on deviser d'armes et d'amour. Tout honeur
» était là dedans trouvé; toutes nouvelles on y apprenait, car de
» tout pays à cause de la vaillance du seigneur, elles y venaient. »

La construction du château, lorsqu'elle a été terminée, avait dû
absorber des sommes considérables, aussi ai-je pensé que, conformément à la tradition transmise par M. Cambry, le roi François Ier
y avait largement contribué; on sait que cette espèce de libéralité
était dans les goûts comme dans les habitudes du monarque.

Les salamandres répétées en si grand nombre, les F fleurdelysées, et autres détails encore, en sont pour moi une preuve
suffisante; je dois dire cependant que mon opinion n'a pas été
partagée par toutes les personnes qui ont lu ma première notice
et se sont occupées de la même question.

Messieurs les comtes de Sarcus ne veulent pas que la haute faveur dont a joui la duchesse d'Etampes, nièce de Jean de Sarcus,
soit entrée pour rien dans les ressources du grand capitaine.
Je leur laisse le soin de discuter les divers faits sur lesquels
nous différons de sentiments, tout prêt à profiter des bonnes
raisons qu'ils ne manqueront certainement pas de produire.

Dans le cours de ce travail, je me suis efforcé d'être vrai et
indépendant; j'avais accumulé pendant vingt ans des notes dont
la publication pouvait intéresser le département de l'Oise, je n'ai
pas voulu qu'elles fussent perdues; la Société Académique dont
j'ai l'honnéur de faire partie publie particulièrement les recherches qui intéressent les localités du département; je lui ai offert
mon travail, qu'elle a bien voulu accepter.

Nogent-les-Vierges, mai 1859.

PLACEMENT DES FIGURES.

Les personnes qui feront relier ensemble ma première Notice de 1858 et celle-ci de 1859, l'une et l'autre concernant Sarcus, devront mettre en tête cette dernière, ue 1859.